ドドン
ドドン
痛っ…
ズキズキ
大丈夫？
これ使って
ありがと
日
助けてくれた君に
初めて惹かれた

あの…
好きです！
初めて見る表情にドキドキして
…付き合う？
もっと好きになった
はい
お揃いだから
私に特別優しい君に
大事にするね
うれしい!!
…その顔はやばいって
どんどん惹かれていく

…私
夏祭りの時に
絢斗くんと
話せてよかった
…え？
菜々花が
好きになったのは
俺じゃないよ
どういうこと…？

勘違いしててごめん
でも私は絢斗くんが――
俺も菜々花が好きだ
もう絶対に離さないから
うん…！
これからもずっと君の隣で笑いたい――

野いちご文庫

大好きなきみと、初恋をもう一度。

星咲りら

STARTS
スターツ出版株式会社

Contents

Characters

Ayato Kajimoto

梶本《かじもと》 絢斗《あやと》

菜々花の彼氏。一見無愛想だけど、女子から人気があるイケメン。いつも一生懸命な菜々花のことが大好き。

Nanaka Hirota

広田《ひろた》 菜々花《ななか》

内気な性格の高校一年生。恋愛に奥手だったけど、勇気を振り絞って絢斗に告白し、付き合うことに。

Atsuru

敦瑠《あつる》

絢斗の親友で、明るく友達思い。中学からの同級生である沙耶と一緒に、絢斗と菜々花の恋を応援している。

Saya

沙耶《さや》

菜々花の親友。サバサバした性格のしっかり者で、菜々花が悩んでいるといつも助けてくれる。

あの日、好きになった君へ
恋《こい》をした君へ
離《はな》れていった君へ
抱《だ》きしめてくれた君へ

「手出せよ。つなごう」
もっと好きになった一ヶ月間
「付き合ったこと、後悔《こうかい》してる」
切《せつ》なくて苦しい一週間
辛《つら》くて、だけど好きであきらめられなくて
君に伝えたい
「もう絶対に離さないから」

あの日、君を好きになってよかった
恋をしてよかった

君を好きになった

――夏の夜空に花が咲いた。

打ち上がる花火。

光と音を別世界のもののように感じながら、私はひとり、公園の駐車場《ちゅうしゃじょう》の階段でぼうっと花火を見ていた。

今頃《ごろ》みんなは、広場で花火を見て盛り上がっているんだろうな。

「はぁー……」

無意識《むいしき》に出たため息にさみしくなった。

高校に入学して初めての夏休み。今日は地元の夏祭りだった。

学校が別になってしまった中学の友達五人で遊びにきたのに……これのせいで。

私は足のかかとをふてくされながら見た。

そこはばっちり、靴擦《くつず》れをしている。

もう本当に痛い、かなり痛い。

靴擦れするかもしれない、というパンプスを履《は》いてきた私が悪いけど、今日の服に合う靴はこれしかなかった。

案《あん》の定《じょう》、一時間で靴擦れしてしまった。

やだな、もう泣きたい。

痛いからって友達を一緒《いっしょ》に立ち止まらせたら悪いから、『ごめん、ちょっと足痛いから先に行ってて』と自分からみんなと離れた。

『そっか、わかったよ！』と笑顔で行ってしまった友達の背中を見て、ちょっと悲しい気持ちになった。

ひとりで歩道の端《はし》をゆっくり歩いてきたけれど、花火が始まる時間に広場へたどりつけず、公園の駐車場でひとりぼっち。

これは、かなりさみしいよ。

規模の小さいお祭りだから、花火はそこまですごいものではないけど、友達と一緒に花火の写真を撮《と》って盛り上がりたかった。

ぼうっと、夜空を眺《なが》める。私の鎖骨《さこつ》までの黒髪《くろかみ》は、顔周《まわ》りだけ少し汗で濡《ぬ》れていた。蚊《か》も寄ってきて、ぺちっと腕《うで》をたたく。

ため息をついた時、ロータリーからひとりの男子が歩いてくることに気づいた。

外灯《がいとう》の明かりに照らされたその姿。

ジーンズにTシャツ姿で茶髪《ちゃぱつ》。たぶん、私と同じくらいの歳《とし》……っていうか。

「あ……」

思わず、声が出てしまった。

それが聞こえたのだろう。相手はこちらに顔を向けた。

声を漏《も》らした理由は、見たことのある顔だったから。

だって、同じ学校の同じ学年なんだもん。

隣《となり》のクラスの男の子。しゃべったことはなくて、見かける、廊下《ろうか》ですれちがうという程度《ていど》の関係。

名前は梶本絢斗《かじもとあやと》。周りの女子たちの中で『かっこいい』と言われていたから、名前を知っている。

学校での彼は、着崩《きくず》した制服と気だるそうな雰囲気《ふんいき》。

なんとなく近づきにくい感じだったような。

つい声を出してしまったせいで、相手は立ち止まってこちらを見ている。気まずい、どうしよう。

「こんばんは……」

気まずさから逃《のが》れたくて、とりあえず挨拶《あいさつ》をしてみた。

周りに誰《だれ》もいない、相手と一対一という状況《じょうきょう》が私にしゃべる勇気《ゆうき》を与《あた》えてくれているみたい。

相手はまだ数メートル離れた場所からこちらをじっと見ている。

暗がりだから私の姿がよく見えないのだろう。

「誰《だれ》？」

挨拶をした数秒前の自分を後悔する。

どうしよう、こっちに向かってくる？

彼がゆっくりと私の方《ほう》へ近づいてくるとわかった瞬間《しゅんかん》、体がこわばってしまった。

花火なんてもうどうでもよくなってしまう。

今まで話したこともない彼に、『誰？』と聞かれて、どう答えればいいのかわからない。

「広田菜々花《ひろたななか》です……」

もう答えるしかない状況だったからとりあえず名乗《なの》ってみたけど、私の胸の鼓動《こどう》は、どんどん速くなっていた。

「あー……」

絢斗くんはわかったような、わかっていないような、曖昧《あいまい》な声を発した。

思い出そうとしているのかもしれない。しかし思い出すもなにも、かかわったことがないのだから知らなくて当然だ。

初めて話すのに、なんだか申《もう》し訳《わけ》ない気持ちになった。

「あの、しゃべったことはないの……ごめんなさい……」

「――だよな。なんか名前にピンとこねーって思った」

彼は笑った、と思う。

うつむき気味《ぎみ》だったのではっきりとはわからないけど、声がやわらかくなったから、笑ったように感じた。

「な、なんか、ひとりで花火を見ていたら、見たことのある人が歩いてきたから、つい声が出ちゃって！」

「そっか」

「う、うん」

どうしよう、なにか話題を見つけないと。

毎日三十度超えで暑いね、とか？　ダメ、どうでもいいことすぎて絶対ひとことで終わってしまう会話だよ。

もっと話が弾《はず》むような話題はないかな。

下を向いて心の中で焦《あせ》っていると、絢斗くんが話しかけてくれた。

「花火綺麗《きれい》だな」

「えっ、あ……うん」

顔を上げて花火を見ようとしたけど、夜空を見上げる絢斗くんへ先に視線《しせん》がいって、独特な彼の雰囲気に見とれてしまった。

大人っぽいな……。

そんなことを思っていたら、彼の方から着信音が聞こえた。

絢斗くんはジーンズのポケットからスマホを取り出し、電話に出る。

「おー。ああ、うん……あっそ、わかった。そっち行く。じゃあな」

電話を切ったあとも絢斗くんはスマホをいじっていた。

友達に呼ばれたのだろう。立ち止まらせてしまって、悪かったよね。

謝《あやま》ろうと口を開きかけたら、絢斗くんが先に言葉を発した。

「──ていうか、ひとり？」

「あ、ううん、友達と来てるんだけど、ちょっと足が……」

そう言って足もとに視線を移すと、絢斗くんの視線も動く。

男の子に足もとを見られるの、なんだか恥《は》ずかしい。

ジーンズでよかった、と思った。

「靴擦れ？」

「うん」

「ふうん。……あ、そうだ」

絢斗くんはスマホの入っていない方のポケットに手を入れる。

出てきたのは少しよれた一枚の絆創膏《ばんそうこう》。

「俺、今指を怪我《けが》してて。家出る時、適当に持ってきたやつだけど」

絢斗くんはそれを私に差し出した。

私にくれるの？

絆創膏を見つめてから彼を見上げる。

「ん」と、さらに突き出され、受け取ることを促《うなが》された。

なぜかすごく、ドキドキした。

「あ、ありがとう……」

一枚の絆創膏を両手で受け取ると、絢斗くんは小さく笑った。

「じゃ、俺行く」

「うん」

絢斗くんは私に背を向けると、階段を降りてロータリーを進んでいく。

私は、しばらく絢斗くんが歩いていった方向を眺めていた。

なんだろう。

胸が、変。そわそわしてる。

さっきまでそこにいた絢斗くんの顔が頭に浮《う》かんできて、頰《ほお》が熱くなってきた。彼とのやりとりを何度も思い起こしてしまう。

なんだか、ドキドキしてる——。

絆創膏をもらっただけなのに。でもそれは、予想外の優しさだった。

どうしよう。絢斗くんのことが頭から離れない。

心を落ち着かせるように長く息を吐《は》いて、鞄《かばん》からスマホを取り出した。

画面を操作し、メッセージを開く。

『菜々花、今どこ?』

『花火始まってるよ』

『おーい、菜々花!』

『もう花火終わっちゃう』

夜空を見上げると、総仕上げというように花火が連発して打ち上げられていた。

それはとても鮮《あざ》やかで。

響《ひび》き渡る音を聞きながら、心にわきあがる想い。

最後の一発を見届けて、私は絆創膏に視線を移した。

もしかして私、結構《けっこう》単純なのかも。

絢斗くんのこと……いいなって、思いはじめてる。

くすぐったい想いをかかえながら、私は絆創膏を靴擦れした部分に貼《は》った。

『ごめん!　今、駐車場。そっち向かうね』

メッセージを打った私は立ち上がる。

痛みはあるけれど、絆創膏のおかげで靴が直接傷《きず》に当たることはないから、我慢《がまん》できた。

少し前まで最悪な気分だったけれど。

今はなんだか胸の鼓動が騒《さわ》がしくて、ふわりとしたなにかにくすぐられているような気分だった。


恋って、本当に突然《とつぜん》しちゃうんだなって思った。

ふとしたきっかけ。なにげない行動。

本当に、一瞬。

今までかっこいいなって思った人はいたことがあるし、中学の時もなんとなく気になる男の子はいた。

でも、単にかっこいいと思うだけで、それ以上のなにかがあったわけではないから、もちろん誰かと付き合ったりしたこともない。

自分の気持ちに対して〝恋をしたかもしれない〟なんて考えたのも、今回が初めてだった。

きっと私、恋をしたんだと思う。


新学期。まだ暑さが残る九月。

私の視線は、夏休み前まで特別意識するようなことはなかった〝彼〟のことを追いかけていた。

梶本絢斗くん。

あの日は茶髪だったけれど、夏休み明けの彼は黒髪だった。

着崩した制服に、整《ととの》った顔立ちと独特な雰囲気。

私は休み時間になると、廊下《ろうか》を歩きながら隣のクラスをさりげなく覗《のぞ》いていた。

あまりじろじろ見るわけにはいかないからすぐ視線を戻《もど》すけど、姿を探しているうちにいろいろな彼を見ることができた。

友達とふざけあって笑っていたり、授業前に眠そうな顔をしていたり。

彼を見るたびに胸が高鳴《たかな》っている。

廊下で話している男子グループに絢斗くんがいると、その脇《わき》を意識しながらなんともない顔をして通っていた。

すれちがう瞬間、もしかしたらお祭りの時のことで話しかけてもらえるかな、と期待したけれど、そういうことはなかったし、目が合うようなこともなかった。

きっとあの出来事《できごと》は、絢斗くんにとってたいしたことではないんだと思う。

話をしたのもほんの数分だった。

絆創膏は、たまたま持っていたから差し出してくれただけ。

絢斗くんは私なんかと話したことすら覚えていないのだろう。

そうなると、こちらから話しかけるのってちょっと難しい。

今まで接点がなくて、あの日少し話しただけなのに、親しげに声をかけるなんてできない。

私は絢斗くんにときめいて、彼のことが気になって、彼のことを見るたびに胸を高鳴らせているんだけどな――。

お昼休み。いつものように廊下を歩いて絢斗くんの姿を探したけれど、まだ友達と購買《こうばい》に行っているのか、彼の姿は見つけられなかった。

自分の教室に戻って、廊下側から二列目の一番うしろにある自分の席に座り、ため息をつく。

絶対恋だよね、これ。私、気づいたら絢斗くんのことばかりだ。

ぼうっと絢斗くんのことを考えていると、クラスで仲よくしている友達の沙耶《さや》が私のもとへやってきた。

入学して数日後の体育の時間に意気投合《いきとうごう》して、仲よくなった女の子。

胸もとまでの黒髪と、ぱっちりとした二重の瞳《ひとみ》が印象的で明るい性格をしている。

「菜々花！　お昼ご飯食べよう！」

「うん、食べよう」

ニコニコしながら前の席の椅子《いす》を借り、こちらに向けて座った沙耶は、私の机にオレンジ色のお弁当箱を置く。

私も鞄から薄《うす》いピンクのお弁当箱を取り出した。

お母さんが作ってくれたお弁当のフタを開けて中身を眺めながら、胸がいっぱいで再びため息をついてしまった。

するとと沙耶が心配そうな表情で私を見る。

「どうしたの？　食欲ないの？」

「あ、いや、うん……」

とまどいながら答えた私に、沙耶は首をかしげた。

どう説明すればいいのだろう。

「なんだか胸がぎゅうっとなっていて」

「はい？」

「うん」

「意味わからなーい。なんなの？」

たしかに、これだけでは意味がわからないよね。

はっきり言うのは照れるけれど、沙耶には話しておこうかな。

「好きな人……できたっていうか……」

「え、マジ⁉　誰⁉」

沙耶の声が少し大きくなった。

こういう話、沙耶は好きそうだ。

やっぱり恥ずかしくなって言うのを迷っていると、「教えてよ！」とせがまれてしまった。

「二組の、梶本絢斗くん……」

「えっ、おお、意外」

意外かな？　たしかに、今まで私がかっこいいと言ってきた男の子と絢斗くんはタイプが違《ちが》うかもしれない。

「菜々花ってもっと爽《さわ》やかな感じの男子が好きなのかと思ってたけど……へえ、そうなんだ、梶本絢斗かぁ」

「う、うん」

私はどうにも恥ずかしくなってうつむいた。

それまでは、見た目は爽やかで真面目《まじめ》そうな男の子がいいって沙耶にも話してきたけれど、絢斗くんはなんていうか、近寄りがたくて不真面目そう。

でも笑うと表情が優しくなるんだ。友達と話している彼が笑っているのを見ると、ドキドキする。

「きっかけは？　菜々花が学校で梶本くんと話しているところ、見たことないけど」

「あのね、夏休みに中学の友達と一緒に地元の夏祭りに行ったんだけど、その時に偶《ぐう》然《ぜん》会ったんだ。私、靴擦れしちゃってて、歩けなくなっていたら絆創膏をくれたの」

「優しい人なんだ！」

「うん。すごく助かったよ」

　絆創膏のおかげで歩けるようになって、そのあと友達と合流できたし。

「話したのもほんの少しだったけど、気になってて」

「なるほどね。告白しないの？」

「えぇっ!?　ま、まだ学校では話したことないし、連絡先《れんらくさき》とかも知らないのにそんな突然……それに、私のこと覚えていない気がするし」

　告白なんてできないよ、と私は慌《あわ》てる。

「ダメじゃーん。覚えているかいないかは、関係ない！　連絡先ゲットして仲よくならないと。あ、私聞いてあげるよ」

「はい!?」

　勇気がなくて話しかけられないでいるのに、告白とか連絡先とか待ってよ、全部突然すぎるよ！

「梶本くんとよく一緒にいる敦瑠《あつる》いるじゃん？　私、結構仲いいんだ。中学同じだったの。敦瑠に頼《たの》んで連絡先ゲットしようよ」

そう言って箸《はし》を置いた沙耶は、制服のポケットからスマホを取り出す。

もしかして、今聞くつもりなの？

「いや、ちょっと待った、やめて！」

私が焦って沙耶の腕をつかむと、彼女は動きを止めた。

「い、いいよ、頼まなくて」

「なんで？」

「恥ずかしいし……」

「直接聞くわけじゃないんだから、大丈夫《だいじょうぶ》でしょ」

それでも私は首を振《ふ》ってやめてほしいことを伝える。

だって、敦瑠くんを通して連絡先を教えてほしいと言ったら、私の気持ちが敦瑠くんにも知られるかもしれない。

そういうのって、周りで噂《うわさ》になってしまうかも。仲よくもない人に冷やかされたりしたら嫌《いや》だ。

それなら……。

「じ、自分で聞くから大丈夫」

絶対にその方が安全だ。

絢斗くんがひとりでいる時に、連絡先を聞く！

自分で、と言った私が意外だったのか、感心《かんしん》したような表情で沙耶はスマホを机に置いた。

「まあ、自分で聞いた方がいいよね」

沙耶の顔を直視《ちょくし》できなくなった私は、うつむきがちにお弁当のご飯を少しずつ口へ運ぶ。

ううっ……聞けるかどうかは不安だけど、沙耶に断言しちゃったからがんばろう。

それからも沙耶は楽しそうな声で、私が絢斗くんのどういうところが好きなのかなど、休み時間中にたっぷり聞いてきた。

「雰囲気も全部、いいなって思うんだ」

「そっか。顔立ちも整ってるよね」

「うん。かっこいい」

「もうめっちゃ好きじゃん！　付き合えるといいね、菜々花！」

沙耶は興奮しながら私の肩を軽くたたいた。

友達と好きな人の話をするのは、すごく楽しかった。

五時間目は移動教室で、沙耶と教室を出たちょうどその時、前から絢斗くんと敦瑠くんが歩いてきた。

沙耶がこっそり肘《ひじ》でつついてきたから、私はうつむいてしまう。

普段《ふだん》、そこまで恥ずかしがりな性格というわけではないのだけど、やはり好きな人のことだといつもどおりではいられない。

学校生活は、どこか落ち着かない気分でしばらく過ごすことになった。


連絡先は自分で聞くと言ったけれど、なかなか実行することはできなかった。

こういうのは簡単にはいかないみたい。

絢斗くんがひとりの時を狙《ねら》おうと思っているのに、クラスが違う彼の姿を見かけるのはだいたい休み時間や帰りの時間なので、そばには友達がいる。

なにも進展しないまま、あっという間に一週間が過ぎてしまった。

「やっぱり私が敦瑠に頼もうか？」

見かねた沙耶にそう言われたけど、全力で首を横に振った。

「自分で聞く。がんばる」

がんばるなんて言っても、心の中では無理なのかもしれないって思いはじめていた。

声をかけたい。でも、絢斗くんがひとりの時を見つけられない。

彼の行動を気にしながらのもどかしい日々。

視線を向けていても気づかれない、思い出してもらえない切なさ。

その都度《つど》がっかりするのに、一度絢斗くんを意識した気持ちはどんどん大きくなっていくのだから不思議だった。


九月なかばの金曜日。今日も話しかけることができずに一日が終わった。

いつになったら連絡先が聞けるんだろう……。

きっと今日も友達と一緒なんだろうな。

そう思ったら放課後《ほうかご》は隣のクラスを覗きにいく気分になれず、ゆっくりと帰り支度《じたく》をする。

「菜々花、今日バイトだから先に帰るねっ」

沙耶は家の近くのコンビニでバイトをしている。

椅子に座っている私は、鞄を持ってそばを通っていく沙耶にうなずいて「ばいばい」と手を振った。

去っていった沙耶を見届けたあと、私は深く息をついて机にだらん、と伏《ふ》せた。

しばらくなにも考えないでそうしていた。

疲《つか》れているというか、気分がさがっている感じがする。

ずっと絢斗くんに話しかけたいって思っているのに全然ダメだから、心がどんよりしているのかな。

もしかしてこのまま、連絡先を聞けずに卒業するかも。

そんなことはないだろうと思う反面、ありえるかもしれない……と、自分で落ち込んだり励《はげ》ましてみたりを、頭の中で繰《く》り返す。

クラスメイトたちが次々に下校したり部活動に向かったりしていき、気づいたら、教室は放課後の雰囲気をしっかり漂《ただよ》わせていた。

今は、教室の隅《すみ》で三人の女子が会話をしているくらい。

頬杖《おほづえ》をついて窓の外を眺めながら少しぼうっとして、さすがに帰ろうと重い腰《こし》を上げた。

今日はひとりだから、いつも以上に切ない気持ちでいっぱいになってしまうのかもしれない。

ため息をついて鞄を持ち、教室のドアへ向かった。

廊下へ出て、絢斗くんはもういないだろうと思いながらも、隣の二組をチラリと見た。

私は、あれ?と、動きを止める。

窓側の列の一番うしろは、いつも絢斗くんが座っている席。

その机にうつ伏せている男子生徒がいる。

——絢斗くん?

しかも教室の中にはその男子生徒以外誰もいない。

教室の前のドアから、私はじっと絢斗くんの席を見ていた。

窓の方に顔を向けて上体を倒《たお》しているから、顔が見えない。

そっと、教室の中へ入ってみる。

伏せている男子が絢斗くんなのか確かめたくなった。

ゆっくりと黒板の前を通り、窓側の一列目と二列目の机の間を通って、席に近づいていく。

動かないということは、寝《ね》ているのだろう。

窓のひとつが半分ほど開いていて、外からは運動部のかけ声が聞こえる。

他に誰もいない教室だからこそ、こんなことができているんだろうな。

近づけば近づくほど、胸の鼓動は速くなった。

髪の感じが、絢斗くんのような気がする。

席までたどりつくと、私は顔を見るために彼の机の前を通ろうとした。

――その時、半分ほど出ていた前の席の椅子に右足をぶつけてしまい、ガタッと音をたててしまった。

嘘《うそ》っ、どうしよう！

「……ん？」

その音で目を覚してしまった男子は上体を起こし、寝起きのしかめっつらを私に向ける。

——絢斗くんだった。

どうして私が目の前にいるのか、不思議そうに首をかしげる絢斗くん。

長めの黒髪が頬にかかっている。整った眉《まゆ》と、綺麗なくっきりとした二重の目。

普段すれちがう時に見ているだけだった絢斗くんと目を合わせた私の口からは、つのっていた想いが自然とこぼれた。

「好きです……」

彼を見つめながらそう言葉にした瞬間は、ぼうっとした感覚だった。

「……え？」

絢斗くんは瞬《まばた》きを多くして状況が理解できない、という顔をしている。

私も自分の言葉に動揺《どうよう》していた。

連絡先を聞きたいって思っていただけなのに。

いきなり、告白をしてしまった。

激しい胸の音が全身に響いて、体温が上がっていく。

自分の行動にとまどいながらも、伝えたいという気持ちが前へ前へと出ていった。

夏祭りの時の話をしようとしたけれど、覚えていないだろうから、とにかく想いを再び口にする。

「好きです！」

あとのことなんて考えず、頬を熱くさせながら必死だった。

驚《おどろ》いた顔をしていた絢斗くんの頬も、ほんのりと赤くなっている。

その表情に、私の胸がさらに高鳴った。

夏祭りのあの日、絢斗くんにときめいた時よりも、この瞬間の彼にとても心が惹《ひ》かれた。

ほんの一瞬だったけれど。

初めて見る彼の表情。

ときめく気持ちが止まらなくて、どうしよう、胸の奥《おく》がくすぐったい。

絢斗くんのことを見つめていると、彼は困ったような声を出したので、はっとした
「あ……うん」

私は視線をそらした。

そうだよ、いきなり好きなんて言われたら困るよね。さっきの絢斗くんの表情は、驚いただけかもしれない。

恥ずかしさが倍になって、体が震《ふる》えてくる。

顔の熱さで目もとも潤《うる》んできて、うつむいて唇《くちびる》を力いっぱい結んだ。

それから沈黙《ちんもく》が続いてしまい……もうダメだ、終わった、と覚悟《かくご》する。

どうしていきなり好きだなんて言ってしまったんだろう。

ふたりきりの教室でフラれたらもう、気まずくてどうしようもない。

逃《に》げだしたくなって、結んでいた唇をほどいて口で息をした時、絢斗くんが声を出した。

「付き合う？」

「……へ？」

私は勢いよく顔を上げ、間の抜《ぬ》けた反応をしてしまう。

今、付き合うって聞かれた？

目の前の絢斗くんは、もう驚いていないし頬も赤くない。

まっすぐ私を見つめている。

もちろん付き合えたらいいなという気持ちはあったけど、私から突然告白したのに、
まさか絢斗くんからそう聞いてもらえるなんて。

こんなにうまくいっていいのかな。

「はい……」

不安に思っていたのに、そっとうなずいている自分がいた。

「とりあえず名前教えて」

「広田菜々花……です」

やっぱり覚えていなかったんだ。

がっかりしたけれど、あの日話したのはほんの少しだったから仕方がないよね。

気持ちを受け入れてもらえたという嬉《うれ》しさでいっぱいで、私はそこまで気にしなかった。

「あと連絡先、交換しよう」

「……は、はい」

体に力が入ったまま、なぜか敬語になってしまう。

スマホを取り出して絢斗くんと連絡先を交換した私は、先ほどまでの彼とのやりとりを繰り返し頭に浮かべていた。

夢じゃないよね？

手もとにあるスマホの画面には、しっかりと『梶本絢斗』とある。

信じられなくて、ほわほわした気分で、ずっと心臓の音が速い。

スマホを握《にぎ》りしめながら、絢斗くんを見る。

こんなに感覚があるし、夢なわけがないと冷静に思いはじめたら、目が合った。そして彼も、じっと私を見つめ返す。

苦しいくらいドキドキして、なにか話さないといけないって、必死に考えていた。

「ど、どうして教室にひとりでいたの？」

「ああ……昨日バイトのあと、今日提出期限の英語の課題が終わってないことに気づいて、夜中まで起きてたから眠気《ねむけ》が限界だった」

「そ、そうだったんだ」

絢斗くんは寝不足で大変だったかもしれないけれど、私はそのおかげで彼に話しかけることができた。

さっきまで、声をかけることができなくて落ち込んでいたのに、今はすごく嬉しい気持ちでいっぱいだった。

ほかにも、なにか話題を探さないと。

そう思った時、笑い声が聞こえて廊下の方を見ると、他のクラスの女子グループが教室の前を通りかかった。

その中の何人かと目が合って、通り過ぎたところで「誰、今の、付き合ってんの⁉」と、おもしろがるような声が聞こえた。

絢斗くんと私は付き合うことになったけど、こんなことは初めてだからとっても慌ててしまった。

「い、家に帰ったら連絡します！」

焦りながらそう言った私は絢斗くんに背を向け、教室から飛び出した。

先ほどの女子たちは先に階段を降りていき、姿が見えなくなったので、私は追いつかないようにしながらゆっくり廊下を歩く。

胸の鼓動が苦しいくらい騒がしい。

さっき起こったことすべてを何度も思い返した。

付き合うってどういう感じなんだろう。

初めての彼氏に胸がいっぱいになる。

気づけば昇降口《しょうこうぐち》にいて、学校を出て駅まで歩き、ほわほわした気分のまま電車に乗って自宅まで帰った。


嘘なんじゃないかって、家に帰ってからも自分の部屋で何度も思った。

絢斗くんから『付き合うっていうの、やっぱナシ』とメッセージがくるのではないかと、テーブルに置いたスマホをじっと見つめていた。

だけど連絡はない。

そういえば、私からするって言ったんだっけ……。

一度深呼吸をして、スマホを手に取った。

どうしよう、どうしよう。

とりあえず相手がなにをしているか、確認をしたほうがいいよね。

『今なにしてますか？』

私はドキドキしながら文字を打って、送ったあとに敬語で変だったなと頭をかかえたくなった。

返事はすぐに返ってきた。

『今電車　帰ってる』

文字を見た瞬間、顔が火照《ほて》る。

絢斗くんとメッセージのやりとりができるなんて、すごく嬉しい。

だって、数時間前まではもしかしたら連絡先を聞けないまま卒業するかも、と思っていたのに。

次はなんて送ろうかな……。

考えていると、絢斗くんが再び文字を打ってきた。

『家着いたの？』

私は慌てて『うん、着いた』と返す。

『そっか　家どこ？』

最寄《もよ》りの駅を答えたら、絢斗くんはその二駅先が自分の最寄りだと教えてくれた。

『一緒に帰れるな』

その文字に胸の鼓動が一気に加速する。

絢斗くんと一緒に帰る自分の姿を想像してしまったから。

部屋にひとりでいる時でよかった。だって、スマホを見ながらずっと頬がゆるんでるもん。

誰か人がいるところだったら、私、あきらかに変な人だ。

『うん、一緒に帰れるね』

そう返したあと、絢斗くんからのメッセージがこなくなってしまった。

もうやりとりは終わりなのかとそわそわしていたら、二十分後『悪い、充電切れてた』というメッセージが届いて安心した。

それから絢斗くんといろいろな話を文字でやりとりした。

沙耶と敦瑠くんが同じ中学だという話から始まって、学校のことや勉強のこと、先生のこと。

おたがい帰宅部だという話の中で、絢斗くんは中学の時サッカー部だったと教えてくれた。

私はバイトをまだしたことはないけど、絢斗くんはラーメン屋さんでバイトをしていて、夏休みはほとんどバイトをして過ごしたらしい。

『今度食べにいっていい？』

『いいよ。安くはできねーけど、トッピング多くしてやる』

私は画面を見ながら笑ってしまった。

それから何度かやりとりをして、お母さんに「夕飯できたよ」と声をかけられたので、私はリビングへ降りた。

夕飯を食べている時もメッセージが気になって、落ち着かない。

急いで食べて「ごちそうさま！」と二階の自分の部屋に上がっていく私を、姉も母も「早っ」と驚いていた。

リビングに行く前に家族の話をしていたけれど、ふたりとも四人家族だという会話のところで私が止めてしまった。

なので、思いきって違う話題を送ってやりとりを再開する。

『ごめん、ご飯食べてた。絢斗くんの好きな食べ物ってなに？』

『俺は肉が好き。広田さんは？』

『私は、アイス！　甘《あま》いものが好き』

質問をすると、私のことも聞いてくれる。

ささいなことでも嬉しかった。

もっと、絢斗くんのことを知りたいな。

お風呂《ふろ》に入っている時も絢斗くんからの返信が気になって、急いで出ると髪を乾かしてベッドに寝転び、画面をチェックした。

その日、結局やりとりは夜中まで続いて、土日もたくさん絢斗くんとメッセージで会話をした。

「ええっ⁉ 付き合った⁉」

週明けの月曜日。

学校に登校して朝一番に沙耶に報告すると、ものすごく驚いていた。

「だって金曜の帰りまで、連絡先も聞けてなかったよね⁉」

「う、うん」

「なのにどうして⁉ どうしてそうなったの⁉」

私の机の前に立つ沙耶はとても興奮している様子だったから、思わず口もとがゆるんでしまった。

「金曜の放課後、絢斗くんが教室にひとりでいて……」

「ひとりでいて？」

「勢いで『好きです』って伝えちゃって」

「おお……」

沙耶は感動したような声を出す。

「すごいね菜々花。やる時はやるのね！」

「自分でもいきなり口から出ちゃって驚いたよ」

頬が熱くなったのを隠《かく》すために、私はうつむいて前髪をいじった。

沙耶は「よかったね！」と、笑って喜んでくれた。

あの時の私には、自分でも本当に驚く。

自然と『好き』という言葉が出ていったのだから。

「一時間目、化学室だよね」

「うん、移動しよう」

自分の席に戻った沙耶が教科書とノートを用意して再び私のもとへやってきて、ふたりで教室を出た。

「あ……」

廊下へと出た瞬間、思わず立ち止まる。

二組の教室の前にジャージ姿の絢斗くんたちがいたから。

絢斗くんのクラスは体育みたい。近くには敦瑠くんもいて、すごくだるそうに癖《くせ》のついた髪をいじっている。

「おはよー、敦瑠！」

「おう」

沙耶と敦瑠くんが挨拶を交わした。

それに気づいた絢斗くんが振り向いて、目が合う。

「おはよ」

そう言った絢斗くんは一見素《そ》っ気《け》ない感じだったけど、私のことをちゃんと見て挨拶してくれた。

「お、おはよう！」

慌てて挨拶を返したら、どもってしまった。

周りの男子もちらちらと私を見てくる。

いたたまれなくなってきてうつむいていると、すっと隣に人が寄ってきた気配を感じた。

ゆっくりと顔を上げたら、そばには絢斗くんがいた。

「化学？」

私より十五センチ以上背の高い彼を見上げながら、一生懸命《いっしょうけんめい》うなずく。

「あ、絢斗くんは体育なんだね。がんばってね」

「ん……」

短い返事をした絢斗くんは、ちょっと眠いのかな？

そんなことを思っていたら彼の周りの友達が、私のことをじろじろ見ていることに気づく。

たぶん、絢斗くんが私のそばに来て話していたから。

堂々としていればいいのに、慣れていないから本当に恥ずかしい。どうしたらいいのかわからなくなって、再びうつむいた時。

「じゃあな」

――ふわり。絢斗くんの手が私の頭をなでた。

顔を上げた時にはもう、絢斗くんは友達と一緒に廊下を歩きだしていて、私は彼のうしろ姿を見つめる。

絢斗くんは周りの友達に「なんだよ今の？」と聞かれていて、「ん？」と首をかしげる仕草《しぐさ》をしていた。

いきなり近づいた彼との距離《きょり》。

「菜々花、頭なでられてたね？」

沙耶が笑みを浮かべながらこちらを見てきたので、照れた私は小さくうなずき、化学室に向かうために歩きだした。

絢斗くんの手が触《ふ》れた感覚がまだ残っている。

くすぐったい気持ちになって、私はぽっと頬を熱くしながらそっと自分の頭を触《さわ》った。

絢斗くんと付き合うことになって、学校での時間が以前よりとてもドキドキするものになった。

教室の前を通る時、付き合う前までは目なんて合わなかったのに、彼がこちらを見てくれる。

その瞬間がとても嬉しかった。

胸が高鳴って、幸せな想いが広がっていく。

『彼氏』という言葉がどこからか聞こえてくるたびに、私は彼のことを頭に浮かべていた——。

『今日一緒に帰ろ』

そのメッセージが届いたのは、水曜日の六時間目が終わった時だった。

椅子に座っている状態で、画面を見て固まる。心の中では『えっ⁉』というリアクションをしていた。

『今日バイトは？』

『ない』

そうだよね。だから帰ろうって言っているんだよね。

冷静に考えればわかることなのに、落ち着こう、私。

『一緒に帰る』

自分の打った文字を送信する前に見つめた。

ふたりきりで、だよね。

大丈夫かな。廊下で挨拶をした時から、私は絢斗くんと同じクラスの男子からおもしろがられているような視線を向けられていた。

しかもそれは絢斗くんがいない時で、余計《よけい》にどうしたらいいのかわからない。

私と絢斗くんが一緒に帰るところを見られたら……やっぱり周りから冷やかされちゃうのかな。

そう考えたら、この文字を送信するのをためらったけど。

「菜々花、今日駅前のクレープ屋寄っていかない？」

「あわわっ⁉」

沙耶が突然うしろから声をかけてきたから、画面に指が触れて送信ボタンを押してしまった。

送っちゃったよ……！

私は唖然《あぜん》としながら画面を見つめる。

固まっている私に対して、沙耶はどうかしたのかと首をかしげていた。

『支度終わったらそっち行くから』

絢斗くんはすぐに返事をくれた。

どうしよう、緊張《きんちょう》してくる。

「……沙耶、ごめんね。今日一緒に帰れないんだ」

「そっかぁ。あ、梶本くん？」

「う、うん」

うなずくと、沙耶はにんまりしながら私を見てきた。

沙耶の表情が〝ふたりで帰るんだね〟と楽しそうにしている気がして、照れてしまう。

「い、一緒に帰るの初めてだから緊張する」

「がんばれ、菜々花！」

沙耶の言葉にはにかんでみたけれど、絢斗くんの友達たちにからかわれないか、不安な気持ちになっていたのを私は思い出した。

平気かな……。


放課後、絢斗くんが教室へやってくるまで、ずっとそわそわしていた。

私、ちゃんと会話ができるかな？

緊張してなにも話せなくなるような失敗はしたくない。

せっかく付き合えることになったのだから。

そんなことを考えていたら、教室の出入り口に絢斗くんがやってきた。

中を覗いた彼が私を見つけたので、さっと立ち上がる。

「じゃあね、菜々花」

微笑《ほほえ》んだ沙耶の顔を見てうなずき、小さく手を振ったあと、私は絢斗くんのもとへ向かった。

おたがいなんとなく『行こうか』と目で合図をして、廊下を歩きだす。

私は周りが気になって落ち着かない。

下校の時間帯だから、ふたりでいると廊下や昇降口で人目につくから。

『あのふたり付き合ってるんだ』という視線をたくさん感じて、だんだんと息苦しくなってくる。

絢斗くんの友達もいきなりやってこないだろうかと、気になってしまった。

「どうした?」

昇降口を出てもそわそわする私を、変だと思ったのだろう。絢斗くんが静かな声で聞いてきた。

「あ、えっと」

なんて言えばいいんだろう。

隣に立つ絢斗くんが首をかしげて私を見ていて、その落ち着いた表情にドキッとした。

「なんだか恥ずかしくて……」

私の言葉に絢斗くんが困ったような顔をしている気がした。

今の私、周りのことばかり気にして、冷やかされたくないって気持ちが中心になってしまっている。

せっかく一緒に帰ろうって言ってくれたのに、他のことばかり考えているのはよくないよね。

そう思った私は、恥ずかしくなってしまう理由を慌てて説明した。

「わ、私、実は初めて付き合うから慣れてなくて、どうしたらいいんだろうって思うこともあるの。絢斗くんと同じクラスの男子に見られても、うつむいていることしかできなくて……明るく声かけたりしたいんだけど……」

焦りながら夢中でしゃべってしまって、男子のことは余計だったかなと、あとから気づいた。

絢斗くんが眉根《まゆね》を少しだけ寄せている。

不快に思ったかなと、心配になった時。

「言っておく」

「……え？」

「俺の彼女を勝手に見るなって、周りに言っとくから」

素っ気ない感じでそう言った絢斗くんは、そのまま歩きだした。

私の顔が、どんどん熱くなっていく。

絢斗くんの背中を見つめてぼうっとしてしまい、追いかけるのが遅《おく》れた。

〝俺の彼女〟と言われたことが気恥ずかしいけど、すごく嬉しくて、彼の隣に駆《か》け寄った私は、笑みがこぼれるのを我慢していた。

胸がドキドキ鳴っている。

好きって気持ちでいっぱいだよ。

「あの、絢斗くん」

校門を出てから私は、控《ひか》えめに声をかけた。

「なに？」

私に向き直る絢斗くん。

嬉しい気持ちとか好きっていう想いばかりあふれてきて、すごく照れてしまうけど伝えたい。

「ありがとう」

笑顔でそう言うと、絢斗くんは一瞬驚いたような顔をした。

ちょっとだけ彼の頬が赤くなっているような気がしてじっと見ていたら、彼は口もとを隠して小さくうなずく。

「手、つなぐ？　……って、まだ学校の前だった。恥ずかしいよな」

私の反応を窺《うかが》うようにたずねてきた絢斗くんだけど、すぐに前を向いて歩くスピードを速めた。

「……待って！」

たしかにまだ校門を出たばかりで、他の生徒がいるから恥ずかしいけれど。

つなぎたい。その手を握ってみたいなって、思った。

でも自分から言い出せなくて……どうしよう、絢斗くんは立ち止まって振り向いているのに。

さっきお礼を言った時のように伝えればいい。

そう考えながらも焦ってしまって、積極的になれない自分がもどかしい。

早く伝えるんだ、と口を開きかけた時。

絢斗くんが私に近づいた。

「そういう顔するのは、俺の前だけにしろよ」

すぐに横を向いてしまって、どこかぶっきらぼうな声の絢斗くんだけど、彼の視線がゆっくりと下へ降りていく。

「手出せよ。つなごう」

彼の言葉に、胸が大きく高鳴った。

私の言いたいこと、わかってくれたの？

ぎこちなく手を持ち上げたら、絢斗くんにしっかりと握られた。

体中に響く胸の音には、嬉しさやときめく気持ち、恋する想いがたくさんつまっている。

彼を見上げて、ぽうっと頬に熱がともった。

他の生徒に見られたりするけれど、絢斗くんと手をつないで歩いているというドキドキした想いでいっぱいで、気にならない。

駅まで学校から十分ほどの道をふたりで進んでいく。

絢斗くんは私の歩幅に合わせてくれていた。

優しいなって思って、心が温かくなる。

「こうやってふたりで話すのは、ほとんど初めてみたいなもんだよな」

「うん、そうだよね」

文字ではたくさんいろいろなことを話したし、学校でも挨拶やちょっとだけ会話をするようなことはあったけど、ふたりきりでゆっくり話すのは付き合ってから初めてだ。

だから、結構緊張している。

つないでいる手を意識しながらそんなことを考えていたら、視線を感じて絢斗くんの方を見た。

「あー……その、学校で話しかけられるの嫌？」

「えっ、そんなことないよ、嫌じゃない！」

気を遣《つか》うような彼の声に焦った私は、つい大きめの声を出していた。

さっきも恥ずかしいって話をしてしまったし、私がいつもとまどっているせいで、嫌だと思っていると誤解されたのなら、違うと全力で否定《ひてい》したい。

「気にしないで話しかけてほしい！　私も、絢斗くんに話しかけるから……恥ずかしいけど……もっとたくさん話したいから……」

最後の方は小さな声になってしまった。

すると、絢斗くんがくすくす笑う。

「な、なに？」

「いや、こっちが照れるくらい素直だなって」

唇の端を上げている絢斗くんは、私に優しい表情を向けていた。

「かわいい」

その言葉のあと、つないでいた手にぎゅっと軽く力を入れられた。

わあ……。心臓もぎゅっとされたみたい。かわいいなんて、そんなことを言われるとは思っていなかった。

嬉しいのに困ってしまって、私はなにも言えずうつむいてしまった。

「すぐ下向くけどな」

ちょっとからかうように笑った絢斗くんの声にドキッとする。

ドキン、ドキン、と握られている手から全身に恋する音が響いているみたいだった。

「絢斗くんは、恥ずかしくならないの？」

「さっき照れるって言ったじゃん。俺だって恥ずかしい時あるよ」

本当に？

なんだか余裕《よゆう》がいっぱいありそうに見えるけど。

「それって具体的に、どんな時？」

「教えない。言ったら今恥ずかしいんだなって、バレるだろ」

「えっ、教えてよ」

「ダメ」

そう言って笑みを浮かべる絢斗くんは、やっぱり照れるとか、恥ずかしいっていう気持ちとは無縁《むえん》のように思う。

でも、私が好きって言った時は……頬が赤くなっているような気がしたから、ちょっと照れてくれていたのかな？

自信がないので絢斗くんには聞けないけれど、もしそうだったらいいなって思った。

あっという間に駅にたどりつき、改札に向かって進む。

最初はすごく緊張していたけれど、今は少しやわらいでいた。

……もう少し絢斗くんと一緒にいたいな。

でも、こんなことを思っているのは私だけかもしれない。

「このまま電車に乗って帰るんだよね？」

つながれた手のぬくもりを感じながら、確かめるようにたずねた。

絢斗くんはこちらに顔を向けて、じっと見つめてくる。

まだ話していたい。もう少しだけ一緒にいてくれる？

ダメもとでそう伝えようとした時、絢斗くんが口を開いた。

「菜々花の降りる駅で俺も降りる。もうちょっと話したいし。いい？」

そう言いながら笑顔を見せた彼に、胸の鼓動が一気に高鳴った。

初めて……名前を呼ばれた。

それだけでも、なんだか特別なことのように思えて、嬉しさを隠せない私は照れながらうなずいた。

改札を通ってホームへ降り、やってきた電車に乗り込む。

隣にいる絢斗くんを、あの日告白した時よりも、一昨日《おととい》よりも、昨日よりも、どんどん好きになっているんだなと思った。


電車を降りたあと、駅の近くのコンビニで飲み物を買った。

彼氏と電車に乗ったり、コンビニで買い物をしたりすることができるなんて。

絢斗くんと私、周りからちゃんと恋人同士に見えているかな？

そんなことを気にしながら歩道を進みだした時、「菜々花？」と呼ばれて、コンビニの方へ振り向いた。

そこには、中学の友達ふたりがいた。

コンビニに入ろうとしていたところのようで、私を見つけて声をかけたという感じだった。

地元の駅なので、学校帰りに会うのは珍《めずら》しくない。

「ちょっと菜々花、もしかして彼氏？」

「あっ、うん。……彼氏できた」

言葉にすると恥ずかしい。

うつむきながら答えた私に友達は、「めっちゃかっこいいじゃん！」と、小さな声で言いながら私の腕を揺《ゆ》する。

「同じ学校⁉」

「そうだよ」

「タメ？　大人っぽいけど！」

「うん、一年生」

興奮した様子の友達から絢斗くんに視線を移すと、彼は『なにを話してるんだ？』というような表情でこちらを見てる。

「菜々花、今度詳《くわ》しく話聞かせてよ！」

「わかった、今度ね」

ばいばい、と別れて絢斗くんのところへ戻った私は、待たせてしまったので「ごめんね」と謝った。

「もういいの？」

「うん、大丈夫。……彼氏できたのって、すごい聞かれちゃった」

今日はずっと、恥ずかしくなってばかりだ。

友達と会った時に離れてしまった手をもう一度つなぎたくて、そっと手を伸《の》ばしていたら、触れるか触れないかのところで気づいた絢斗くんが私の手を捕《つか》まえてくれた。

「菜々花、初めて付き合うって言ってたもんな」

「う、うん」

「それなら俺、菜々花の初めて全部もらう」

いたずらっぽい笑みを浮かべながらそう言った絢斗くんに、隣を歩く私は見とれてぼうっとしてしまう。

すぐに胸の鼓動が速くなっているのを感じるけれど、なんだかもう、言われた言葉へのときめきがすごくて。

「つうか、菜々花の家ってこっちでよかった？」

「……えっ⁉　あっ、ごめん、向こうだった！」

なんとなく歩きだして進んでいた方向は、私の家とは反対方向だった。

なにやっているんだろう、私ったら！

絢斗くんは笑っているけれど、穴があったら隠れてしまいたい。

「逆方向に進んでもよかったな。それだけ、菜々花と一緒にいられる」

歩いてきた道をゆっくりと戻りだした彼が、またドキドキするようなことを言ったから、顔が火照ってくる。

「……そんなことを言われたら、帰りたくなくなっちゃうよ」

小さな声だったけれど、絢斗くんにはしっかりと届いたみたい。

隣にいる彼を見上げたらすでにこちらに視線を向けていて、優しい笑みを浮かべながら私の手を引いてくれていた。

君のことばかり

次の日、登校すると沙耶が私のところへ楽しげな笑みを浮かべながらやってきた。

「おっはよう、菜々花」

「おはよ」

「うふふ……」

「え、なに？」

「なにって、昨日の話を聞きたいの」

机に荷物をおろして椅子に座った私を見おろす沙耶は、期待に満ちているように感じられる。

「梶本くんと一緒に帰ったじゃん。どうだった？」

「えっと……たくさん話ができて楽しかったよ」

「どこか行ったの？」

「ううん。私の降りる駅で一緒に降りて、近くのコンビニで飲み物買って、ちょっと遠回りしながら私のことを家まで送ってくれたの」

昨日のことを思い出して、胸が高鳴りだす。

照れながら話すと、沙耶は私の方にぐっと寄った。

「それで⁉」

「それで？　それでって……それだけだけど……」

「え⁉　なにもしてないの⁉」

沙耶の言葉の意味が最初はわからなかったけれど、数秒してからなんとなく理解して慌てた。

「ま、まだ付き合ったばかりなのに、そういうのはないよ！」

「いや、キスくらいさ」

がっかりした感じで言う沙耶に対し、私は動揺していた。

キスって……！

そういうことを考えないわけじゃない。でも、だけど、ダメ、恥ずかしい。

『菜々花の初めて全部もらう』という絢斗くんの言葉を思い出して、余計に頬が熱くなった。

私はうつむいて、しばらく恥ずかしさに耐《た》えたあと、顔を上げる。

「だいたい、沙耶はどうなの？」

「私？　私は残念ながら恋していません。欲しいけどね、好きな人！」

そう言って沙耶はため息をついた。

最近、いつも私の話ばかりだったから、沙耶の話も聞きたかったけれど。

そういえば、あまり恋の話を聞いたことがないかも。

好きな人が欲しいと言った沙耶のことを考えて、私は思いついた。

「敦瑠くんは？　気が合いそう」

「はあ？　敦瑠？　ないない、絶対ない。敦瑠はただの男友達だもん」

沙耶はあきれた感じで笑っている。

敦瑠くんと沙耶はいつも仲よさそうに話しているから、いいと思ったのに。

少し残念に思ったけど、仕方ない。沙耶にも好きな人ができるといいなと思いながら、授業の準備をした。


午前中の授業を終えてお昼休みになり、教室の外へ出ると廊下で絢斗くんを見つけた。

声をかけようかな、と近寄ろうとした時。

「梶本くんっ」

ひとりの女の子が絢斗くんに近づいて、声をかけた。

絢斗くんと同じクラスの佐藤《さとう》さんだ。

しゃべったことはないけれど、お団子《だんご》ヘアで派手な子だから名前は知っている。

絢斗くんは佐藤さんに「なに？」と顔を向けた。

「今日購買行くでしょ？　ジュース買ってきてよ」

「俺をパシんな」

「いいじゃーん、ついでだよ！」

「俺に頼むとお前の嫌《きら》いな牛乳選《えら》ぶぞ」

「牛乳は本当に無理！　違うのにして！」

「やだ。違うのがいいなら自分で行け」

「えーっ！」

テンポのいい会話を交わしているふたりを見て、もやもやした気持ちがわきあがってくる。

なんだろう……。

私はまだ、そんなふうに絢斗くんと会話できないのに。

絢斗くんに声をかけようとしていたけど、私は動けなくなってしまった。嫌《いや》な思いが胸に広がっていた時、絢斗くんが私に気づいた。

「菜々花」

彼は私の名前を呼び、そばにいる佐藤さんを置いてこちらに来てくれた。

佐藤さんは私を見ていて、その視線にはなんとなく敵意が含《ふく》まれているように感じた。

もしかしたら、彼女は絢斗くんのことが好きなのかもしれない。

「おい？」

反応のない私を、絢斗くんはどうしたのかと顔を覗くように見てきた。

絢斗くんが他の女の子と話していたというだけで嫌な気持ちになるなんて、バカだなと思うのにもやもやは消えない。

どうしたのかと心配そうに首をかしげている絢斗くん。

彼は私に気づいたらこうしてすぐそばに来てくれたのだから、嫌な気持ちになっている場合じゃないよね。

「なんでもないよ」

答えた私に絢斗くんは瞬きを繰り返したあと、周りを確認した。

「敦瑠と仲いい沙耶って子はいないの？」

「教室にいるよ」

「じゃあ、一緒に購買行くか？」

「うん！」

誘《さそ》ってもらえたことを嬉しく思いながら返事をし、彼と一緒に購買に向かった。

絢斗くんの隣を歩いていると、自分が彼女だと実感できる。

そうやって少しずつ、付き合っているということに慣れていきたいと思った。

「絢斗くんはいつも購買？」

「たまにコンビニで買って学校来る時もあるけど、朝はギリギリだからほとんど購買かな。菜々花は？」

「私は、いつもお弁当でたまに購買。飲み物は結構買いにいくよ」

そう話した時、ちょうど購買にたどりついた。

購買ではパンやおにぎりにサラダ、紙パックのジュースを売っている。

絢斗くんは、鮭《さけ》のおにぎりとハムとレタスのサンドイッチを買っていて、私は、紙パックのレモンティーを買った。

「じゃあ、教室で沙耶が待ってるから」

「またな」

微笑《ほほえ》んで手を上げた絢斗くんと、二組の教室の前で別れた。

自分の教室に戻ってきた私は、絢斗くんが他の女の子と話しているのを見て嫌な気持ちになってしまったことを沙耶に話すと、「それは好きだから当たり前だよ！」と、言われた。

「安心しなよ。梶本くんは菜々花の彼氏なんだから」

彼氏とか、彼女とか、そう言われただけでほっとする。

初めて男の子と付き合った私には、本当に特別な言葉だった――。

『テスト期間に入る前に、どこか出かけよう』

そんな連絡がきたのは、絢斗くんと付き合いはじめて二週間が経《た》った頃だった。

ちょうどお風呂から出て、自分の部屋に戻ってきた時にメッセージを見た私は、スマホを落としそうになった。

だってこれ、出かけるということはデート……だよね？

メッセージは十分前に受信している。早く返事をしないと。

『うん、行く』

文字を打った私の手は、ドキドキして震えていた。

『どこに行きたい？』

行きたいところ……。

見ていた画面から視線を上げて、絢斗くんと一緒に行きたい場所を考える。

男の子と出かけるのなんて初めてだから、難しい。

どんな場所がいいのだろう？

『遊園地とか？』

そう返信してから、もうひとつ思いついて『水族館？』と続けて送ってみる。

『両方行こう』

えっ、一日二か所は無理でしょう、と私は笑ってしまう。

メッセージでしばらく話し合った結果、出かける場所は水族館に決まって、次の日曜日に行く約束をした。

初めてのデートだから、とても緊張する。

着ていく洋服も数日前からたくさん悩《なや》んで、決められないから沙耶に相談した。

そわそわしながら迎《むか》えた日曜日。

午後、私は胸を鳴らしながら家を出た。

緊張もしているけれど、絢斗くんに会うのがすごく楽しみ。

普段ジーンズが多いけど『ワンピースとか、女の子らしくていいんじゃない？』という沙耶のアドバイスを聞いて、今日はワンピースを着てみることにした。

薄いピンクの花柄《はながら》のワンピースに白いカーディガンを羽織《はお》って、足もとは茶系でビジューのついたヒールの低いパンプス。

髪はサイドで結んでみたけど、いつものイメージから少しは変わったかな？

待ち合わせは電車の中。

『三両目に乗ってるから』というメッセージが届いたので、私も三両目に乗った。

座席の端に絢斗くんが座っているのを見つけてそばに寄ると、彼が気づいて顔を上げた。

絢斗くんの私服は、少しゆるっとしたジーンズにVネックの黒いTシャツ。

手足が長い彼は、それだけで雰囲気があってかっこいい。

そう思いながら見つめていたら、絢斗くんも私のことをじっと見つめてきた。

どうしよう、私の格好《かっこう》変なのかな。

「隣座れよ」

そう言った絢斗くんにうなずいて、私はドキドキしながら座った。

ふたりで電車に乗る時は、学校帰りで制服を着ているけど……今日は私服だから新《しん》鮮《せん》。

そう感じながらあらためて絢斗くんに視線を向けると、目が合ったのにすっとそらされてしまった。

「……服も髪型もかわいいじゃん」

つぶやくようにそう言った絢斗くん。

彼は下を見ていたけど、私が視線を動かさず固まっていたら顔を上げた。

「かわいいって言ってんの。はい、もうこっち見んな」

困ったように笑った絢斗くんの右手が伸びてくる。

ぷにっと優しく頬を押《お》され、正面を向かされた。

絢斗くんが照れているように思うんだけど、気のせい？

彼の言葉と行動にドキッとした私は、顔が熱くなっていった。

「お土産《みやげ》買わないと！　沙耶に！」

なんだか落ち着かなくて、とりあえず話をしようと思った。

「……いろいろ売ってるんじゃないか」

「そ、そうだといいな」

最初からこんな感じで私、大丈夫かな。

電車の中でずっと胸の鼓動が速かった。

静まらないよ、静まるわけない……。


二十分ほど電車に乗り、駅から少し歩くと水族館に着いた。

夏休みではないから混《こ》んでいないだろうと思っていたけど、意外と人が多かった。

雑誌などでもよく取り上げられている水族館なので、家族連れやカップルなどが休日は訪れるのかも。

私も六歳《ろくさい》の時、家族と一緒に来たことがある。

幼かったので行ったという記憶《きおく》しかないから、今日は楽しみだった。

「俺、水族館かなり久しぶり」

「私も！」

わくわくしていると、絢斗くんが手を握った。

胸をドキドキさせながら、私も握り返す。

水族館には屋外スペースと建物があって、まず館内に入った。

薄暗い中でライトアップされた水槽《すいそう》に、たくさんの魚たちがいる。

「うわあ、すごい……！」

大きな魚と小さな魚が同じ水槽に入って元気よく泳いでいるのを見た私は、思わず声を漏らした。

絢斗くんも「すごいな」と笑っている。

その横顔を見て私も微笑んだ。

学校での絢斗くんもかっこいいけれど、こうして休日に一緒にいるのは特別感があっていいな。

もっと絢斗くんが楽しんでいるのを見たい、そう思った。

「外のプールでアザラシのショーがあるんだって」

入り口でもらったパンフレットを見ながら言うと、絢斗くんは私の手もとを覗いてきた。

「何時から？」

「えっと、次は三時だって」

「あと三十分あるな……なんか飲む？」

絢斗くんは広場の方を見てそう言った。

広場では飲み物やフライドポテトなどのちょっとしたスナックが売られている。

「うん。休憩《きゅうけい》してから行こう」

笑顔で答えると、絢斗くんは私の手を引いて広場へと歩きだした。

ちゃんと私の歩幅に合わせてくれている。

いつも私のことを考えてくれているんだ。

絢斗くんの引き締《し》まった腕を見ながら、心が温かくなった。

広場の近くまでやってきて見ると、そこにあるワゴンのお店ではアイスとジュースを売っているみたい。

なにを飲もうかなと考えていると、絢斗くんが立ち止まった。

「座って待ってて。俺買ってくる」

「えっ、でも」

「いいから。なに飲む？」

「え、えっと……オレンジジュースを……」

「わかった。そこにいろよ」

絢斗くんが視線を向けたのは近くにある白の丸いテーブル席で、休憩できるように五組ほど置いてある。

そのうちのひと組が空いていた。

絢斗くんはひとりで飲み物を買いにいってくれて、いいのかな?と感じながら、私は座って待っていた。

しばらくすると、絢斗くんは両手にストローのささった大きい紙コップを持って戻ってきた。

「ほら」

「ありがとう。あの、お金……」

「いいよ。俺バイトしてるし」

微笑んだ彼にときめいて、もう一度お礼を言った。

「絢斗くん、優しいね」

「べつに優しくねーよ」

「ううん。優しい」

私は買ってもらったオレンジジュースを見つめながら頬をゆるめた。

絢斗くんは忘れてしまっているけど、お祭りの時……私に絆創膏をくれたあの時の優しさに惹かれて、私は恋をしたの。

そう思い出しながら、反対側の椅子に座った絢斗くんに視線を向けた。

気づいた彼が私と目を合わせる。

「なんだよ」

唇の端を上げた絢斗くんに、私の頬は熱くなった。

好き。

大好き。

自分のその想いがあふれて止まらないのを感じていた——。


アザラシのショーを見てもう一度館内を回り、最後にお土産コーナーに寄った。

「沙耶にタコのキーホルダー買っていく！」

「……それかわいいか？」

「えっと、ブサカワっていうやつ？」

私が手に取ったタコのキーホルダーを見た絢斗くんは笑っていた。

「俺はこれ買う」

絢斗くんが選んだのは、ペンギンのかわいいキーホルダーだった。

「敦瑠くんに？」

「違う」

「じゃあ、誰に？」

私が首をかしげると、彼はもうひとつペンギンのキーホルダーを手に取った。

「菜々花と俺の」

そう言って笑ったあと、絢斗くんはレジに向かった。その姿を目で追いかけながら、顔に熱が集まっていくのを感じる。

絢斗くんとおそろいのもの……。

胸がドキドキと、甘い音をたてていく。

火照った顔を隠すようにうつむき、私は沙耶にあげるタコのキーホルダーを買った。

お土産コーナーを出ると、絢斗くんは小さな袋《ふくろ》を私にくれた。

「大事にしろよ」

優しく笑ったその表情に、またドキドキする。

「ありがとう、大事にするよ」

袋を大切に受け取りながら、そう言った。

「どこにつける?」

「んー、学校の鞄かな」

「じゃあ、私も鞄につける」

……なんて、言ってみたけれどちょっと恥ずかしい。照れて下を向くと、絢斗くんが私の頭をぽんっと触った。

「せっかくのおそろいだしな。つけて」

胸の高鳴りと嬉しさが一緒になって、全身が熱くなる。

ゆっくりと顔を上げると、絢斗くんは一瞬驚いたように瞼《まぶた》を広げ、それから眉根を軽く寄せた。

「……その顔はやばいっつうの」

「え？」

ぼそっと声を出した絢斗くん。どうしたのかと思っていると、彼は視線をそらしてしまった。

私の顔、なにか付いてる？

ぺたぺたと触ってみたけど、なにも付いてないと思う。

私は周りを見渡して、変顔をしている人がいるのかと探してみたけど、そのような人はいない。

「……土産買ったし、帰るぞ」

「あ、うん」

絢斗くんは私の手を握って歩きだした。

さっきの絢斗くん、どうしたんだろう。

考えたけれどわからなかった。

水族館を出て駅まで歩いている時、「今度は遊園地な」と絢斗くんが言ったので、先ほどの疑問はすっと頭から消えて、照れながらうなずいた。

「遊園地楽しみ！」

「絶叫《ぜっきょう》マシーン乗りまくりたい」

「えっ。そんなにたくさん乗れないよ……」

「乗る」

「わ、私は苦手だから絢斗くんひとりで乗るしかないよ！」

「冷たいな、菜々花。俺にひとりで乗って遊べっていうのか」

絢斗くんはいたずらっぽい笑みを私に向ける。

ううっ……。そんなふうに思っているわけじゃないけど。

困っていると、絢斗くんは楽しそうに口もとをほころばせていて、握っている手にぎゅっと力を入れたあと、「冗談《じょうだん》だよ」と笑った。

からかうような彼の表情に私は、もう、と口を尖《とが》らせてから一緒に笑った。

次に出かける場所を話せて楽しいし、嬉しいな。

駅に着いて電車に乗り、『薄暗くなってきたから家まで送る』と言った絢斗くんは、私の降りる駅で一緒に降りた。

まだ一緒にいたいと思っていたから嬉しかったけれど、家は駅から徒歩で十分くらいだからすぐに着いてしまう。

「あの、絢斗くん」

私は控えめに声をかけた。

「ん？」

なんて伝えようか考えている私の顔を、絢斗くんが覗くように見てきた。

言うのが、恥ずかしい。

でも私まだ……。

「もう少し、絢斗くんと一緒にいたい……」

心臓がどこかへ飛んでいってしまいそうなくらい、跳《は》ね上がっていた。

ダメかな？

返事を待っていると、彼はそっと目を細めた。

「駅の近くに公園あったよな。飲み物買って、そこに寄ろうか」

彼の提案に私はすぐにうなずいた。


陽はどんどん沈《しず》んでいき、あたりはすっかり暗くなった。

昼間はにぎやかな公園だけど、今は子どもの姿がなく静かだ。

「ご、ごめんね、わがまま聞いてもらっちゃって」

公園のベンチにふたりで座って、コンビニで買ったレモンティーをひと口飲んだあと、私はうつむいてそう言った。

私の家はここからすぐだけど、絢斗くんはまた電車に乗って帰らなければならないのに。

「わがままだなんて思ってねーよ。俺もまだ一緒にいたいって思ったし」

その言葉を聞いた私は、ゆっくりと顔を上げる。

ふたりとも同じ気持ちだったんだ。

嬉しいな、と思っていたら絢斗くんがこちらを見た。

ドキン、と胸が鳴ったのは、暗い中、外灯で見える絢斗くんがいつも以上にかっこいいから。

ぽうっと、彼に見とれてしまった。

「菜々花」

自分の名前が呼ばれたのに、反応できなかった。

私は近づいてくる絢斗くんに夢中だったから。

あっ……、と思った瞬間にはもう、唇に温かい感触《かんしょく》があった。

私は固まって目を見開いたまま。

次の瞬間には体の奥から沸騰《ふっとう》したようにドキドキした気持ちが込みあげてきて、
そっと絢斗くんが離れて私を見つめてきた時、ようやく瞼が動いた。

顔もカッと熱くなってきて、私は口もとを両手で押さえながら絢斗くんを見ていた。

「菜々花は反応がいちいちかわいいんだよ」

絢斗くんは困ったように笑う。

そんなことを言われても、なんて返せばいいの？

ずっと頬は熱くてじんじんして、どうしたらいいのかわからない。

初めての、キス。

ゆっくりと触れたのに、一瞬で離れていってしまったぬくもり。

「絢斗くん……」

どうしよう。

恥ずかしいのにもっと触れてみたい。

こういうことを思っちゃうのは、変かな？

「……そんな顔されるとやばいんだけど」

困ったようにそう言った絢斗くんが私の肩に腕を回して、ぐっと抱き寄せた。

驚いてすぐ、唇と唇がくっつく。

胸の鼓動が全身に響いていた。

今度は目を閉じて、右手で絢斗くんのTシャツの裾《すそ》を握《にぎ》りしめながら、大好きな彼に夢中だった。

少し苦しいけれど、それでも、もっと……。

絢斗くんが離れた瞬間、足りない酸素《さんそ》を一気に吸い込んだ。

「バカ……息してなかったのかよ」

「だ、だって……」

慌てる私を、絢斗くんは抱きしめた。

ふわりと、甘めのフレグランスの匂《にお》いに包まれる。

「ったく……なんでそんなにかわいいんだよ」

「あ、絢斗くんだけだよ、そんなふうに言ってくれるの」

私は絢斗くんにもたれかかり、その肩に熱い頬をくっつけた。

鼓動は速くて忙《いそが》しいのに、絢斗くんに包み込まれているとほっとする……。

「菜々花がこんなにかわいいのを他の男に知られてたまるかよ……」

耳もとに触れた息と掠《かす》れた絢斗くんの声に、胸がさらに高鳴った。


しばらくぎゅっと抱きしめられていると、私の鞄の中からスマホの震動音がした。

はっとして体を離したあと、鞄の中を探す。

画面を確認するとお姉ちゃんからの着信だった。

私は慌てて電話に出る。

「も、もしもし」

『菜々花、今どこ？』

「えっ、なんで？」

『お母さんが心配してるから。暗いのにまだ帰ってきてないって。帰る時間、お母さんに伝えてないでしょ』

「あ……」

そういえば、出かけると言っただけで何時に帰るか伝えていない。

『そろそろ帰ってきた方がいいよ？　お母さん怒《おこ》ったら怖《こわ》いよ？』

「う、うん、わかった。帰るよ」

焦りながらそう返して、私は電話を切った。

お祭りの日は夜の九時まで外にいたけれど、それは友達のお母さんが車で送ってくれたから許《ゆる》してもらえた。

でも今日は違うから、遅《おそ》くまで遊んでいるわけにはいかない。

「どうした？」

私の様子を見ていた絢斗くんが、心配そうにたずねてきた。

「えっと、暗くなってお母さん心配してるよって、お姉ちゃんが」

「そっか。じゃあ帰らないとな」

絢斗くんが立ち上がったので、私も続いて立ち上がる。

本当はまだ一緒にいたい。

そう思いながら、歩きだした絢斗くんのうしろをうつむきながらついていく。

隣に並んでこない私に振り向いた彼は、足を止めて私の頭をなでた。

「また遊びにいこう」

「うん……」

明日になれば、学校でまた会える。休み時間に声をかければふたりでおしゃべりもできるし、絢斗くんのバイトがない日は一緒に帰れる。

だけど、なんだかさみしい。

再び歩きだして公園を出た私たちは、歩道を進んで住宅街へ入っていった。

夜の外灯の下を歩いていると、お祭りの時のことをまた思い出した。

あれは蒸し暑い夏の夜のことだったけれど、今は涼しい。

それほど昔のことではないのに、微《かす》かな記憶のようにふわりと頭の中を漂う。

キスをしたあとだからかな。

ほわほわしてくすぐったくて、じれったくて、甘い名残《なごり》が胸にあった。

「私、絢斗くんが本当に好き」

そんなことを確かめるように言うくらい、彼への気持ちがあふれていた。

絢斗くんは応《こた》えるように私の手をぎゅっと握ったから、胸の鼓動は余計に速くなる。

「あの日、夏祭りの時に絢斗くんと話せてよかった」

「……え？」

絢斗くんは、なにが？という表情をしながら首をかしげた。

覚えていないのだから、そういう反応をされても仕方がないよね。

「絢斗くん、忘れちゃってるでしょう。夏祭りに会ったこと。それまで学校でしゃべったこともなかったし、しょうがないよね……。でも私、あの時絆創膏をくれた絢斗くんの優しさに、すごくドキドキしたんだ。それがきっかけなんだよね」

私は、はにかんでそう言った。

あの日、絢斗くんと会っていなかったら、夏休み明けの学校で絢斗くんのことを目で追うことはなかっただろうし、意識することもなかったと思う。

絢斗くんは瞬きせず、私をじっと見つめていた。

たぶん、記憶をたどって忘れていたのを思い出そうとしているのだろう。

私はしっかり覚えていたのにな、なんて、ちょっと気恥ずかしくてうつむいた。

「……そうか。全然気づかなかった」

「うん」

私は下を向いたまま、小さく微笑む。

思い出してくれたかな、あの時のこと……。

そう思いながら歩いていたら、私の家の前に着いた。

「送ってくれてありがとう」

「ああ」

「また明日ね」

「うん。また明日」

絢斗くんはそう言って笑った。

もう会えないってわけではないのに、なんだか切なくて、胸が締めつけられるような気持ちだった。

私は家の前から去っていく絢斗くんの姿を見えなくなるまで見つめて、それから家の中へ入った。


初めての彼氏。

初めてのデート。

初めてのキス。

全部初めてだから、私は浮かれていたのだと思う。

絢斗くんのことばかり考えて、彼のことを好きな自分のことで、頭がいっぱいだった。

「来週中間テストだね。そのあとは文化祭かぁ」

「うん、勉強しないとね」

お弁当を食べ終え、前の席の椅子に座って私の机にぐったりとうつ伏せた沙耶を見ていたけど、テストが迫《せま》っているのにそこまで憂鬱《ゆううつ》な気分ではなかった。

昨日絢斗くんと行った水族館デートのおかげかな。

「あっ、そうだ。沙耶にお土産があるの」

「お土産？」

沙耶の感想を聞きたかったから、タコのキーホルダーを渡すのはお昼休みにしようと決めていたのだ。

「はい、これ。沙耶に買ってきたの」

「梶本くんと水族館に行った時の？　わあ、ありが……って、なにこのタコ！　すごいブサ……なんでもない、うん、ありがとう」

沙耶はなんとも表現できない表情で、タコのキーホルダーを受け取った。

絢斗くんも微妙《びみょう》だと言いたげな反応をしていたけれど、このタコ、私はかわいいと思う。

ちょっとブサイクなところが。

そう思いながら鞄の中にお弁当箱をしまい、机の脇にかけようとした時、沙耶が鞄を指さした。

「菜々花、自分にはすごくかわいいやつ買ったんだ⁉」

「あ……これはね、絢斗くんが買ってくれたの」

沙耶が見つけたのは、鞄につけた絢斗くんとおそろいのペンギンのキーホルダーだった。

「おそろいか！」

「えへへ」

「わぁー、もう幸せオーラ出ちゃってる」

沙耶は口を尖らせていたけど、すぐに笑って私があげたタコのキーホルダーをいじりだした。

「タコくれたの嬉しいけど、なんかブサイクすぎて複雑だよ！」

「ブサイクだけじゃないよ。かわいいところもあるよ？」

「どこ⁉」

「この、チューってなってる口とか」

「やだよぉ！」

ふたりで大笑いして、さんざんブサイクだって言った沙耶だったけれど、「あれ、なんかちょっとかわいく見えてきちゃったんですけど」とキーホルダーを家の鍵《かぎ》につけてくれた。

昼休みが終わる頃、教室から出たらタイミングよく絢斗くんも廊下へと出てきた。教科書を持っているから、移動教室かな。

そう思って見ていたら絢斗くんが私に気づいて、口もとに小さな笑みを作った。

思い出しちゃうよ、昨日キスしたこと。学校で思い出したらダメだって思っていたのに。

落ち着くために一度息をついた私は、絢斗くんのそばに駆け寄った。

「あの、絢斗くん」

「うん？」

絢斗くんはそばに来た私に、どうした？と首をかしげる。

好きって気持ちでいっぱいになって、胸の鼓動はとても速かった。

「えっと……今日一緒に帰れる……？」

自分から言うのは初めてだったから、恥ずかしかった。

「帰れる」

優しい笑みを浮かべて返事をしてくれた絢斗くんに、私は嬉しくなって表情がゆるんでしまったと思う。

絢斗くんは一度足もとを見て、再び私に視線を戻すと目を細めた。

「じゃ、放課後な」

「うん！」

返事をすると、絢斗くんは友達と一緒に階段の方へ歩いていった。

よかった、一緒に帰れる。昨日のデートで、絢斗くんとの距離が今までよりも近づいた気がしていた。

放課後が待ち遠しいな。

絢斗くんの姿を見送った私は教室へ戻り、午後の授業を受けた。

早く終わらないかなって時計ばかり気にして、やっと授業が終わると絢斗くんが教室に迎えにきてくれるまで待ちきれない想いだった。

「沙耶は今日バイト？」

「うん。菜々花は梶本くんと帰るんでしょ？」

「う、うん」

照れていると、沙耶はニヤニヤしながら私の腕を指で軽く突《つ》いてきた。

「順調に一ヶ月を迎えそうだね。喧嘩《けんか》とかしないでしょ？」

「喧嘩……そういうのはないよ」

「あ、でも、三ヶ月くらいがやばいらしいよ」

「えっ、そうなの？」

「まあ、ふたりは仲がいいから大丈夫だろうね」

そう言って笑う沙耶に対して、私は不安になるようなことを聞いてしまった気持ちで焦っていた。

三ヶ月ってまだ先だけど……。私も、大丈夫って今は信じていよう。

「じゃあねっ」

明るく教室を出ていく沙耶に「ばいばい」と返して見届けたあと、しばらくしてから絢斗くんが教室に来た。

「悪い、待った？」

「ううん、平気だよ」

笑顔で返したあと、ふたりで昇降口へ歩きだした。

最初の頃はふたりで廊下を歩いていると、周りの視線が気になっていたけど、だんだん慣れてきたかも。

ふと、絢斗くんの鞄におそろいのキーホルダーがついているのを見つけて、私の心は弾んだ。

でもそれだけではすまなくて、ひとりでに笑みがこぼれてしまうのを隠すようにうつむいた。

「どうした？」

気づいた絢斗くんに、顔を覗くように見られてしまう。

もう、隠せないな。

「おそろいのキーホルダー、つけているのを見たら嬉しくて」

鞄を抱えるようにして絢斗くんに見せると、唇の端を上げた絢斗くんも鞄をこちらに見せた。

「おそろいな」

微笑む絢斗くんにドキドキしながら私はうなずく。

「沙耶がね、あのタコのことブサイクだって」

「だよな」

「だよなって……！　でもね、見つめてたらかわいく思えてきたみたい」

「いや、かわいくねーだろ」

「ブサカワだよっ」

私がすねていると、絢斗くんは茶化《ちゃか》すように笑っていた。

学校を出たあとも会話をしながら、自然と手をつないだ。

私は本当に絢斗くんのことが大好きだなって思う。

駅まで歩いている間に、どこか寄ろうかという話になって、近くにあるファミレスに入った。

　窓側のテーブル席で向かいあって座り、私はパフェを、絢斗くんはチョコのアイスを頼んだ。

「私甘いもの好き」

「最初の頃にメッセージで言ってたよな。俺は食う時は食うけど、食わなくてもべつにって感じ」

「男の子は甘いものよりもお肉が好きそう」

「それはどの男のイメージ？」

「……え？　ええっ⁉　ち、違うよ！　私、絢斗くんが初めての彼氏だって前に話したよね⁉　絢斗くん、お肉好きって言ってたし、だから、あのっ」

「落ち着け、落ち着け。わかってるよ。ちょっと言ってみただけ」

　からかうように笑った絢斗くんに私はほっとしたけど、少しだけ頬を膨《ふく》らませた。

　絢斗くんはやっぱりいたずらっぽい表情をしている。

　そんな彼を見ていたら、ふと、気になった。

「絢斗くんは女の子と付き合うの初めてじゃないよね？」

「ん――……まあ」

　絢斗くんは視線をそらして、歯切れ悪く答えた。

こういうのって聞かないほうがいいってなんとなくわかるのに、気になってしまう。

「今まで付き合った子ってどんな子？」

知りたくなって、私は絢斗くんに聞いてしまった。

絢斗くんはこちらに視線を戻し、困った顔をする。

その表情を見てまずい、と思った。

「ご、ごめん。こういうの聞かない方がよかったね……」

「いや、うん、まあな。話してもさ、菜々花はそれで楽しい気持ちにはならないだろ」

「うん……どっちかっていったら嫌な気持ちになるかも」

「だからあまり話したくない。今、俺の彼女は菜々花だし。菜々花の彼氏は……俺だし」

絢斗くんは溶《と》けそうなアイスに目を向けて、スプーンで残りを食べ終えた。

彼の言うとおり、今付き合っているのは私たちなのだから、過去のことを気にして余計なことを考えるのはよくないよね。

納得《なっとく》した私も、パフェの残りを食べ進めた。

それからドリンクバーを楽しみながら一時間半くらい話をした。

「そろそろ帰ろう。送ってく」

絢斗くんがそう言った時、まだ六時だからもう少し一緒にいたいなって私は思ったけれど、ファミレスを後にする。

電車に乗って降りる駅にたどりつき、そこから歩いて住宅街へ入って、どんどん自分の家が近づいてくると、絢斗くんの手を強く握った。

私の言いたいことを察してくれたのか、絢斗くんは眉尻をさげて笑った。

「帰らないと、またお母さん心配するだろ？」

「あ……」

無意識だった私は、握る手の力をゆるめる。

昨日お母さんが心配してるってお姉ちゃんから電話がかかってきたから、絢斗くんは気にしてくれているのだろう。

「明日も会えるし」

「うん」

そうやって考えてくれることに温かさを感じたけれど、でも、本当はもっと一緒にいたいって気持ちでいっぱい。

絢斗くんと一緒にいると、いつも帰る時にそういう気持ちになる。

だけど、あまりそういうことばかり言うとわがままだと思われちゃうかも。

私は一度しっかり唇を結んで我慢して、それから話しはじめた。

「絢斗くんの家は遅くまで遊んでいても平気？」

「あまりうるさくは言われねーけど、遅くなる時は連絡してる。メシの支度とかあるだろうから」

「そうなんだ。四人家族だったよね？　お姉ちゃんかお兄ちゃんがいるの？　それとも弟か妹？」

なにげなく聞いた私を絢斗くんはじっと見つめてきた。

あれ、なにか変なことを言ってしまったかな？

「どうしたの？」

「……べつに。なんでもない」

素っ気ない彼の声に私は不安な気持ちになった。

なんだろう。一瞬、いつもの絢斗くんとは違った雰囲気だったような気がした。

気になって考えていたけど、家に着いてしまう。

「じゃ、また明日学校で」

「うん……じゃあね、またね！」

私に微笑んだ絢斗くんは、手を振ってから背を向けて帰っていった。

絢斗くん、行っちゃった。

家の前だから仕方ないけど、すぐに帰っていってしまった絢斗くんの姿に、ちょっぴりさみしさを感じた。

絢斗くんと付き合いはじめて三週間が経った。

学校ではテストのあとにある文化祭の出し物の話題で盛り上がっていた。

うちのクラスは焼きそばを作って売ることになり、絢斗くんのクラスはお化け屋敷《やしき》をやるらしい。

テストが終わったら、文化祭の準備が本格的に始まる。

文化祭、絢斗くんと一緒に校内を回れるかなと弾む気持ちで考えていた。


家で夕飯を食べ終え、自分の部屋でテスト勉強をしていた私はふと、告白した日のことや一緒に帰ったこと、デートした時のことを思い起こしていた。

意地悪な表情をしたり、優しく微笑んだりする絢斗くんのことを頭に浮かべて、そういえば……と、気づいてしまった。

絢斗くんに『好き』って言われていないよね？

私はあの日教室で『好きです！』って伝えたけれど、絢斗くんは……私の告白を聞いて『付き合う？』と、言っただけだった。

急に思い出してしまって、英語の単語が頭に入ってこなくなる。

今まで彼と付き合っているということが嬉しくて、夢中で、ドキドキする気持ちでいっぱいで考えなかった。

テスト期間に入って勉強に意識が向いたから、冷静になって好きだと言われていないことに気づいてしまった。

付き合うことになった時だって、正直絢斗くんの態度は軽かった気がする。

好きって言われたから、ノリで返事をしたみたいな……。

そんなふうに思いたくないのに、不安がどんどん胸に積み重なっていく。

気づかなければよかったのかもしれない。

そうすれば、『もしかして、私のこと好きじゃないのに付き合っているの？』なんて思わなかった。

机の上でノートを開きながら、私はずっとそのことばかりを考えていた。

「菜々花、英語のテスト範囲《はんい》ってここでよかったんだっけ？」

休み時間、教科書を持って私のところへやってきた沙耶が聞いてきたので、確認して「うん、そこだよ」と答えた。

学校で絢斗くんのことを沙耶に相談しようかなと思ったけれど、『好きって言われていない』なんて今さらすぎるような気がして、言えなかった。

だって私、今まですごく浮かれながら絢斗くんのことを話していたもん。

沙耶に『いいなあ』とか『幸せそう』と言われていたのに。

絢斗くんは私の彼氏だけれど、私のことをどう思ってるのかわからないなんて……。

それに、私が気にしすぎているだけかもしれない。

だって彼はいつも優しかった。

好きじゃなかったら、冷たく感じると思う。

絢斗くんは好きって言うタイミングをつかめなかっただけかも。

うん、絶対そうだよね。

学校の時も本当は気になったけど、なんとも思わないようにしていた。

「じゃあね、菜々花！　私今日早く帰って勉強するっ。一本早い電車にギリギリ乗れそうな時間だから、急ぐ！」

「うん、わかった。ばいばい」

結局、沙耶にはなにも言えず自分の胸の中に溜《た》め込んだままだった。

私は大きなため息をついて席から立ち上がる。

ダメだな、気分がさがってしまう。

もやもやしたものが心から離れない。

余計なことを考えるのはやめたほうがいい。

絢斗くんと私は付き合っているのだから、大丈夫だよね。

そう自分の気持ちを明るいほうへ押し上げながら教室を出ると、ちょうど廊下に絢斗くんと敦瑠くんがいた。

先に敦瑠くんが私に気づいて、絢斗くんを肘でつつく。

振り向いた絢斗くんは私を見て笑みを作った。

いつもどおりだと思っていると、敦瑠くんが私のもとにやってくる。

「菜々花ちゃん、ひとり？」

「あ、うん」

敦瑠くんとは全然話したことがないけれど、彼は人なつっこい笑みで明るく私に声をかけてくれた。

「俺らさ、これからファミレスで勉強でもするかって話してたんだけど、菜々花ちゃんも一緒に勉強する？」

「え……いいの？」

「絢斗と俺だけだし、菜々花ちゃんは絢斗の彼女だしさ。三人でどう？　つか、俺が邪魔《じゃま》だよな！　俺がいなくなるべきだよな！」

「あ、いや、そんな」

慌てる私に敦瑠くんはにっと笑顔を向けた。

彼の明るい冗談だったらしい。

「なあ、絢斗。菜々花ちゃんも連れていくだろ?」

ゆっくり歩いてこちらにやってきた絢斗くんは、私を見てから敦瑠くんに視線を向けた。

「菜々花が行きたいなら」

そう言った絢斗くんは、少し冷たいような気がした。

私が昨日からずっと絢斗くんに対して不安に思っていることがあるから、そう感じたのかもしれない。

いつもと変わらない絢斗くんの態度なのに、私が勝手にネガティブな方向にとらえているだけかな?

でも……。

心に重りが乗ったまま、私はうつむいた。

「菜々花ちゃん?」

急に下を向いた私をどうしたのかと、敦瑠くんが心配そうな声で呼びかけてきた。

変だと思われないように明るく振る舞《ふるま》いたいのに、気分が落ち込んでいく。

黙《だま》っていると、小さな声でやりとりをするふたりの会話が聞こえてきた。

「おい、お前らなに?　喧嘩中?」

「違うよ」

「それならもう少し言い方考えろよ。『一緒に勉強しよう』くらい菜々花ちゃんに言ってやれ」

「菜々花がしたいようにすればいいって俺は思ったんだけど」

「それだと菜々花ちゃんは遠慮《えんりょ》すんだろ」

「無理して俺たちに付き合わせたくないだけだ」

「はあ⁉　お前マジなんなんだよ」

敦瑠くんがあきれたような声になっていて、私はゆっくりと顔を上げてふたりを見た。

気づいた敦瑠くんが困ったように笑ってこちらを見たけれど、絢斗くんは私の方を向かないまま。

やっぱり、絢斗くんの態度なんかおかしいよね……。

「……私、帰るね」

せっかく敦瑠くんが誘ってくれたけれど、気まずくてそう言うしかなかった。

私はふたりに背を向けて歩きだす。

「なんかごめん……。じゃあね、菜々花ちゃん」

申し訳なさそうな敦瑠くんの声に、私は少しだけ振り向いて微笑む。

絢斗くんはなぜか切なそうな表情をしていて、最後に私に言葉をかけた。

「……ごめんな、菜々花」

どうしてそんな表情で謝るんだろう？

不安な気持ちがさらに大きくなって立ち止まりそうになったけど、怖くて理由を聞くことはできない。

きりきりとした胸の痛みに耐えながら、私はひとりで帰った。

心に引っかかる不安な気持ちに押しつぶされそう。

絢斗くんがいつもと違った。

今までは素っ気ない感じがあっても、雰囲気や言葉にどこか優しさを感じていたのに。今の態度はいつもより冷たかった気がする。

急にどうして？

私なにかしちゃったかな。

突然の態度の変化に気持ちが苦しくなってくる。

絢斗くんは私のこと、どう思っているのだろう……。

聞くことができれば胸に引っかかっているものが解けるのかもしれないけれど、勇気がない。

連絡がきたら「別れよう」って言われるんじゃないかって、考えてしまう。

少し前までは楽しくて、毎日ドキドキしてときめくことばかりだったのに。

絢斗くんの態度が前とは違うことがずっと気になって、勉強にも集中できなくなってしまい、テスト期間も悩んだまま過ごすことになった。


「はぁー……」

もちろんテストの出来は散々《さんざん》で、最終日、世界史のテストを終えた私は、自分の席でため息をついた。

「やっとテスト終わったね。私、今回のテストの結果次第で親にバイト辞《や》めさせられちゃうから、すごいがんばったんだけど！」

「そうだったんだ……」

テストが終わってほっとしたのか、沙耶は明るい声で話しかけてきたけれど、私は同じ調子で返すことはできなかった。

「どうしたの？」

元気のない私に気づいた沙耶が、首をかたむけながらたずねてきた。

言葉にしていないけれど、なにかあったと感じ取ってくれたみたい。

「話聞くよ？」

心配してくれている沙耶に、もう溜《た》め込むことの限界がきていた私は、泣きそうになりながらうなずいた。

午前中で終わった学校の教室で、胸に溜まっている不安を沙耶にすべて相談した。

絢斗くんに好きって言われていないこと。

彼は私のことを、そんなに好きではないのかもしれないこと。

最近、急に絢斗くんが冷たくなったと感じていること。

たまに喉《のど》の奥になにかがつまったようになりながらも、私は話した。

「そっか……」

沙耶は真剣《しんけん》に聞いてくれて、私が話し終えると気遣《きづか》うような表情になっていた。

「好きって言葉は大事だもん。言われてないと気になっちゃうよね」

「うん……」

寄り添うようにそう言われ、少しだけ息が楽になった。

「最初ふたりが一緒にいるところを見た時、絢斗くんは菜々花のことちゃんと見てて、雰囲気いいなって思ってたよ」

「そうかな」

「うん。告白されて、菜々花のこといいなって思ったんじゃないかな？　そういうのでも恋って始まると思うし。もしただの適当な気持ちだったら、もっと話したいからって家の前まで送ってくれないよ。梶本くんは菜々花のことを彼女として大事にしていると、私は思うな」

「じゃあ、どうして最近冷たく感じるんだろう」

「うーん……それが本当に謎《なぞ》だね」

わからない、というように沙耶は眉をひそめた。

「喧嘩したっていうわけじゃないんでしょう?」

「うん……。急に冷たくなって、それは私が不安な気持ちになっているから、そう感じちゃうのかなって思ったけどやっぱり違うなって……」

「最近の菜々花と梶本くんを見てないからなぁ。なんとも言えないけど、急に態度が変わるってちょっと嫌だね」

「学校でも、目が合えば挨拶したりするけれど、それ以外の会話はないし、一緒に帰ったりもないし」

「えー……」

絢斗くんと敦瑠くんがファミレスで勉強をすると言っていた日から数日間、彼の態度の変化を感じたあとはほとんどしゃべっていなかった。

「メッセージはやりとりしてるけど、なにか盛り上がるような話をしているわけじゃないから」

直接『どうしたの?』と、聞くのが怖いというのもある。

「やっぱり私、無意識に嫌われるようなことしちゃったのかも。……フラれちゃうのかな」

「菜々花、あんまりネガティブに考えるのやめよ？」

「だけど……」

「梶本くんに直接聞いたわけじゃないじゃん！　今菜々花が言ってるのは全部『もしかして』の話でしょ？　ダメダメ、悪い方向にばっかいっちゃうよ！」

「うん……」

沙耶は励ましてくれたけれど、私は視線を落としたままだった。

「こういうのはさ、もう本人にしかわからなくない？　勇気いるけど、梶本くんに聞いてみるしかないよ」

私は顔を上げて、弱々しく沙耶を見つめた。

聞いて本当にダメになっちゃったらどうするの？　……だけど沙耶の言うとおり、聞かないとずっと不安なままだ。

勇気を出して絢斗くんに話をしてみようかな……。

少しずつ、そういうふうに思いはじめていた。

沙耶は私をとにかく励ましてくれた。

話を聞いて一緒になって悩んでくれる沙耶に、私は少しだけ元気をもらった気がする。

二時間くらい話をして、帰る時も『笑顔笑顔！　暗い顔してると幸せ逃げちゃうぞ！』と、沙耶は私の肩をたたいてくれた。

帰宅したあとは部屋でぼうっとして、夕暮れの空がくすんだ赤色になった頃、私のスマホに新着のメッセージが届いた。

床に座ってテーブルに肘をついていた私は、なぜだかわからないけど、すぐにメッセージを確認しようと思えなかった。

でも、いつかは見なくてはいけない。

ゆっくりと、テーブルに置いてあるスマホを手に取って画面を確認した。

メッセージは、話をしようって思っていた絢斗くんからだった。

ドキン、ドキン、と緊張した胸の音が鳴っている。

『あのさ』

胸の鼓動がいっそう大きくなって――。

『別れよう』

その文字を見た時、息苦しいほどの動悸《どうき》がした。

言葉の意味をわかっているはずなのに、頭の中がわかりたくないって拒否《きょひ》している。

文字を見つめたまま固まっていた。

『どうして?』

そう返事を打てたのは、十分以上経ってからだった。

『別れたいから』

『なんで……』

『うまく言えないんだけど、もう付き合うのはやめた方がいいと思う』

冷たい文面に喉の奥がひくりとした。

どうして、なんで。

聞いても理由を言ってくれず、ただ送られてくる『別れたい』という文字が頭の中でぐるぐるする。


『本当に、ごめん』

絢斗くんは最後に謝った。

そのメッセージに返信できないまま、私は画面を見てひたすら泣いていた。

君がわからない

それから数時間、体を動かそうという気になれなかった。

〝別れ〟のやりとりをした画面のままのスマホを握りしめ、なにもないテーブルを見つめながら、ずっと涙《なみだ》が流れていく。

私、嫌われちゃったのかな。

そういうことを考えると、さらに涙があふれだす。

頭のなかで一ヶ月間の思い出がめぐっていた。

頭をなでられたこと、たくさん話をしたこと、一緒に帰ったこと、手をつないだこと、水族館に行ったこと、キス……したこと。

俺の彼女って言われた。かわいいって言われた。

嬉しかった。

だけど、好きって言われなかった。

私のこと、好きじゃないから？

それが別れる原因なの？

絢斗くんが理由を教えてくれなかったのは〝本気じゃない〟って言いづらかったのかな。

最近急に冷たくなったりしたのは、そろそろ別れようって思っていたから？

ずっと別れるタイミングを考えていたのかもしれない。

適当に付き合っていたとしたら、態度の変化も説明がつくように思う。

それなら、かわいいって言ってくれたのは嘘だったのかな。

キスも……好きじゃないのにしたの……？

考えれば考えるほど悲しくて、切なくて、苦しい。

声を出さず、ぐちゃぐちゃに泣いていた。

お姉ちゃんが、夕飯ができたと呼びにきたけれど、食べる気にはなれず『体調悪いからいらない』と返して部屋に閉じこもっていた。

家族は心配していたと思う。

夜中にこっそりお風呂に入って、次の日は土曜だったからお昼過ぎまで眠っていた。

お母さんに『ご飯は？』と聞かれて、本当は食べたくないけれどこれ以上心配させてしまうのはよくないと思っておにぎりを作ってもらい、ほんの少しだけ口にした。

沙耶に『別れちゃった』とメッセージを送ったらすぐに『は⁉　なんで⁉』と返してくれて、私の話を聞いてくれた。

『菜々花、大丈夫？　無理しないで』

優しい言葉に涙がまたあふれて、途中《とちゅう》で文字が打てなくなったら、沙耶は電話をかけてきてくれた。

「ごめん、沙耶……」

『いや、私も突然ですごくびっくりして。梶本くんから一方的に別れようって言われたんでしょう？』

「うん……」

別れようと言われた瞬間を思い出し、ぶわっと涙があふれてくる。

「ダメだ……涙が止まらない……」

『無理して止めなくていいよ』

泣いて、泣いて、泣いて。

私は絢斗くんに言われた言葉と、悲しくてどうしようもないことをたくさん沙耶に言った。

沙耶は相槌《あいづち》を打って、泣きながらで聞き取りづらい私の話を真剣に聞いてくれた。

『付き合うのはやめた方がいいって、どうして梶本くんはそんなことを思ったのかな』

「考えたけれどわからないの」

『……菜々花、ちゃんと理由を教えてもらったほうがいいよ。だって、菜々花は梶本くんのことが好きなんでしょう？』

沙耶の真剣な声に、スマホを耳に当てている私は震えながらうなずいた。

絢斗くんが好き。

別れたくない。

「終わりにしたくないよ……」

『そうだよね。だから、ちゃんと梶本くんと話してみて。勇気がいるし、菜々花が聞きたくないようなことも言われてしまうかもしれないけど、このままじゃ納得できないでしょ』

沙耶の言うとおりだった。

別れようというメッセージがショックで、混乱していたけれど、もっとちゃんと絢斗くんと話をするべきだ。

私に悪いところがあったのなら、教えてほしい。

話し合って解決できることであれば、思い直してくれるかもしれないよね。

「……沙耶、私絢斗くんと話して理由を聞いてみる」

『うん、そうしてみて』

背中を押してくれた沙耶にお礼を言って電話を切った私は、絢斗くんとのメッセージ画面を開いた。

『本当に、ごめん』という文字をあらためて見ると胸が痛くなるけれど、勇気をふるって新しいメッセージを打ち込んだ。

『ちゃんと話がしたい』

一日経ってしまったから、すぐには返事がこないかもしれない。

そう思っていたけれど、数分で返信がきた。

『ごめん。俺は話すことない』

どうしてそんなに一方的なんだろう。

このままだと、わからないことだらけだよ。

『私は、別れる理由が知りたいの』

『昨日も言っただろ。もう付き合うのはやめた方がいい。別れることが菜々花のためなんだ』

私のため？

別れることがどうして私のためになるのだろう。

こんなに苦しくて、悲しい気持ちなのに。

『好きだったのは、私だけだったの？』

打ち込んで送信したその文字を眺めていたら、スマホの画面に涙が落ちた。

初めて付き合ったのが絢斗くんで、いろいろなことが初めてだったから、恥ずかしくていっぱい照れて、好きっていう気持ちがずっとあふれていた。

絢斗くんは、私と一緒にいる時なにを思ってた？

教えてほしいよ。

送ったメッセージの返信を待つけれど、届かない。

それが絢斗くんの答えなの……？


日曜日もひたすら絢斗くんのことを考えていた。

昼食時には家族の前に顔を出して、泣いて腫《は》れた目もとをあまり見られないようにうつむいていた。

お母さんもお父さんもお姉ちゃんも、体調のことを心配してくれていたから、空元《から》気を出して『大丈夫だよ』と、少しだけご飯を食べた。

沙耶には電話をして、絢斗くんに話をしたいと言ったけれど、俺は話すことないと断られてしまい、別れることが私のためだと言われたことを伝える。

『なんで……。彼女が納得できていないんだから、もっと詳しく説明するべきだよ！』

ムッとしているような沙耶は、『ますます意味がわからない』と言った。

『菜々花、明日学校おいでよ』

「……うん」

『ご飯ちゃんと食べてね』

「ありがとう」

沙耶の気遣う言葉に胸がじんとした。

一時間ほど話をして電話を切り、私はため息をついてぼうっとテーブルを見る。

沙耶が話を聞いてくれて助かった。

もし誰とも話さないままで家にひとりでいたら、辛い気持ちに押しつぶされてしまっていたかもしれない。

『明日学校おいでよ』という言葉に救われた。

電話のあとも励ましのメッセージを送ってくれる沙耶に、本当に支えられている。

友達がいてよかったって、心からそう思いながら眠れない夜を過ごした。

毎日連絡をとっていたのに、私の送ったメッセージは返事がこないまま。

さみしくなる。

苦しくなる。

もう付き合うのはやめた方がいいって、どうして?

絢斗くんの言葉の理由を一生懸命考えても、私にはわからなかった――。


月曜日。

学校へ行く足どりはとても重かったけれど、『菜々花に会いたいよ！』と沙耶に言われていたから、がんばって登校した。

「菜々花！」

教室に入ると、沙耶はすぐに私のところへ来てくれて、目もとの赤い私の顔を見ると心配そうな表情をする。

「大丈夫？」

「うん、たぶん……。沙耶、土日たくさん話聞いてくれてありがとう」

「いいよいいよ」

小さく笑った沙耶は、私の肩を優しくつかんだ。

ちょっとだけほっとした気分になれて、あらためて友達の存在に感謝する。

体がだるくてやる気がなくても、いつもどおり授業は進んでいった。

文化祭の役割分担や、飾り付けなどもホームルームで少しずつ決まっていくけど、私はまったく興味がもてなくて、ぼうっとして適当に話を聞いていた。

あんなに毎日ドキドキしていた学校だったのに。

昼休みになって廊下に出た時、絢斗くんの姿を目にした。

一気に胸の鼓動が速くなって息苦しくなる。

気まずい、どうしよう。

彼は教室の前で友達と話をしていて、そこを通れば私に気づくだろう。

メッセージの返信は結局もらえないまま。

絢斗くんは〝別れた〟って気持ちで過ごしているのかな。

私の存在はもうどうでもいい？

苦しい想いに必死で耐えながら歩きだして、彼のクラスの前を通った時、絢斗くんが私に気づいて目が合ってしまった。

だけど……すぐに視線をそらされて、彼はなんともない様子で友達と話を続ける。

ズキン、と悲しい音が壊《こわ》れそうなくらい胸に強く響いた。

私がそばを通っても絢斗くんがなにも声をかけなかったから、周りの友達がいつもと違うと感じたのだろう。「もしかして別れた？」と、冗談《じょうだん》めかして彼に聞いている声がした。

「……どうでもいいだろ、そんなこと」

聞こえてきた絢斗くんの言葉が、胸に突き刺《さ》さる。

〝どうでもいい〟で片づけられてしまうんだ。

立ち止まった私は、勢いよく振り向いた。

そして、唇を噛《か》みしめながら絢斗くんを見つめる。

廊下の途中で足を止めた私に目を向けた絢斗くんは、とまどうような顔をしたあと、わずかに表情を歪《ゆが》ませた。

私と絢斗くんが付き合っていたのは、たった一ヶ月程度。

だけど私にとってはいろいろなことが初めてで、絢斗くんのことが好きで、毎日彼のことばかり考えていた。

この一ヶ月は、本当に特別な日々だった。

あんなに、楽しかったのに。

嬉しかったのに。

今、悲しい気持ちなのは私だけ？

絢斗くん……。

今までのことを思い出して、どうしようもないくらい切なくなった私は、ゆっくりと歩きだす。

がやがやと騒がしい昼休みの廊下をうつむきながら進む私の目に、じわりと涙が浮かんだ。

教室に戻った私の顔を見た沙耶は、心配そうにそばへやってきた。

トイレで気持ちを整えてきたけど、潤《うる》んだ目もとでなんとなく気づかれてしまっただろうか。

「ねえ……敦瑠に聞いてみる？」

いつものように私の前の席に座った沙耶は、控えめな声で聞いてきた。

「菜々花もさ、はっきりと理由がわからないと、もやもやしない？」

「うん……」

「敦瑠ならなにか知っているかもしれないし、あとで聞いてみようよ」

私は唇を強く結んで、視線を落とす。

さっきの絢斗くんの冷たい言葉が、悲しかった。

もう、私に望みはないのかもしれない。

そんなことを考えても、はっきりと理由を知りたい気持ちがあった。

絢斗くんが『別れよう』と言った理由を。

私はゆっくりと顔を上げて、敦瑠くんに聞いてもらいたいと沙耶にお願いした。


お昼ご飯をすませたあと、沙耶がこっそりと電話で敦瑠くんを呼び出した。

『誰にもなにも言わないで階段のところへ来て！』と伝えた三分後に敦瑠くんは来てくれた。

沙耶と私を見て、呼び出された理由を悟《さと》ったらしい。

「あー……菜々花ちゃん、大丈夫か？　絢斗から別れたって聞いたけど」

「……うん」

気遣ってくれているのを感じた私は、小さく首を縦に動かす。

すると敦瑠くんはさらに心配そうな表情になった。

「ねえ、梶本くんからなにか聞いてない？」

沙耶が困った顔をして敦瑠くんにたずねる。

「聞いてない。あんまりあいつ自分から話すタイプじゃねぇし」

そう言った敦瑠くんは視線を落とした。

「でもこの前……一緒に勉強しようって菜々花ちゃんを誘った時、なんかいつもと違うっつうか、冷てぇなって思った」

私の胸がズキリと痛んだ。

やっぱり、あの時の絢斗くんは私以外の人でも冷たいなって感じたんだ。

気のせいなんかじゃなかったんだね。

私は唇を強く結んだ。

「付き合った時、絢斗は菜々花ちゃんのことマジっぽかったのに、本当にいきなりだよな」

眉をひそめる敦瑠くんは私を見て、沙耶にも視線を向けた。

「梶本くん、どうして別れようって言ったのか、菜々花に詳《くわ》しい理由を言わないんだって」

「そうか……なんだろうな」

考え込むようにそう言った敦瑠くんは、本当に思い当たらないようだった。

絢斗くん、誰にも詳しい理由を話していないのかな。

「呼び出してごめんね」と敦瑠くんに言うと、彼は「気にしないで。なにかあればいつでも」と、優しく微笑んでくれた。

沙耶と仲がいいだけあって、優しい人だなと思った。

「なんだかわからないね」

敦瑠くんと別れたあと、教室へ戻ると沙耶はため息まじりにそうつぶやいた。

私は「うん……」と視線を落とす。

「付き合うようになって一ヶ月くらいしか経ってなかったのに。いきなり態度変わるとか、やっぱり意味がわからない」

沙耶の口調が普段よりきつくなっている。

「菜々花の好きな人を悪く言いたくないけど……ひどいよ。菜々花のメッセージも返さないままで……」

「もう怒りたくなってきた！」と、険しい顔をする沙耶は、きっと私のことを思ってそう言ってくれている。

沙耶の気持ちに胸が熱くなった。

「本当にありがとう、沙耶」

私は息をついて、ほんの少し笑ってそう言った。

こうして私のことを考えてくれる友達がいるんだから、学校はがんばって行くべきだなと思った。


帰りのホームルームが終わり、生徒が次々と教室を出ていくなか、私も帰るために席を立った。

英語の課題提出、明日までだっけ……。

やる気になれないけれど、家に帰ったら終わらせないと。

そう思いながら鞄を手にした時、絢斗くんとおそろいのペンギンのキーホルダーが目にとまった。

水族館に一緒に行った時、絢斗くんが買ってくれたんだよね。

初めてのデートで、すごくドキドキしていた。

あの時に戻りたい。

そんなことを願っても無理だってわかっているけれど……。

キーホルダーに触れたら、視界がどんどん涙で歪んでいく。

このキーホルダー、もう鞄につけない方がいいのかな。

外したくない……。

冷たい態度をとられても、別れようって言われても、浮かんでくるのは優しく微笑む彼の表情。

切なくて胸が苦しくなりながら、キーホルダーを外そうとした時。

「菜々花、駅まで一緒に帰ろう！」

「あ、うん」

沙耶が自分の席から声をかけてきたので、慌てて鞄を持って沙耶のところへ行った。

待って、って言ったら心配させてしまうような気がして。

「沙耶、今日バイトは？」

「あるよ。英語の課題も終わらせないといけないし、明日は寝不足確定かな」

苦笑いをしながらそう言った沙耶に、大変だね、と返しながら昇降口へ向かっていく。

下駄箱《げたばこ》にたどりついて上履きをしまい、靴に履き替《か》えていると、誰かが近づいてきた気配がしたので、私は顔を上げた。

そこには、絢斗くんが立っていた。

「あ……」

短く声を出してしまったけれど、気まずい気持ちがあってすぐに視線をそらす。

そばにいた沙耶が私の背中に手を回して、心配そうに見つめてきた。

「これから時間ある？」

「……え？」

「話したいって、言ってただろ」

淡々《たんたん》とした絢斗くんの声に、心臓の音が一気に速くなって、緊張がわきあがってくる。

一方的に私を突き放すような態度だったのに、なにか心境の変化があったのだろうか。

私はまだ、絢斗くんのことをあきらめることができない。

だけど彼と話をしたら、また悲しい言葉を聞くことになるかもしれない。

そんなふうにためらっていたら、絢斗くんの鞄が視界に入った。

――そこには、私とおそろいのペンギンのキーホルダーがまだついていた。

外すのを忘れているだけかもしれない。

だけど、ふたりの思い出のキーホルダーを見て、このままなにもしないで別れの言葉を受け入れることはできないと思った私は、絢斗くんに「うん、話したい」と答えた。

「菜々花……」

「大丈夫。沙耶、今日バイトなんだよね？　私は平気だから、帰っていいよ」

ずっと私を心配そうな表情で見ている沙耶にそう言ったけれど、それでも彼女は気がかりのようだった。

もう一度「大丈夫」と言うと、しぶしぶといった感じで「なにかあったら連絡してね」と、沙耶は帰っていった。

「ごめん、急に。でも最後に、ちゃんと菜々花の話を聞こうと思った」

〝最後〟という言葉に、胸がズキズキと痛んだ。

絢斗くんはまっすぐこちらを見ていて、別れるという意思は揺るがないのかなと感じる。

私がなにを言っても、もうダメなの？

他の生徒が話をしながら昇降口へとやってきて、下駄箱のそばにいる私たちをどうしたのかと見てくる。

「……とりあえず、場所変えよう」

目立つから、と歩きだした絢斗くんに私はついていった。

校門を出て駅までの道のりをふたりで歩く。

いつもは並んで歩きながら手をつなぐこともあったのに、今は一歩先を進む絢斗くんと私の手は離れたまま。

わずかな距離なのに、とても遠くに感じる。

話を聞くのが怖い。

この手を握ってもらえることは、もうないのかな……。

駅までの道のりも電車の中も、絢斗くんと私はほとんど言葉を交わさなかった。

私の降りる駅で一緒に降りて『公園でいい？』とたずねてきた絢斗くんに、小さくうなずく。

平日の夕方で、もうすぐ薄暗くなってくる時間ということもあり、公園に子どもの姿はない。

自販機《じはんき》で飲み物を買った私たちは、そばにあるベンチに座った。

しばらく沈黙が続く。

話をしたいと言ったのは私なのだから、勇気を出さないと。

私は膝《ひざ》の上で、レモンティーの小さなペットボトルを両手で握りしめた。

「……絢斗くん、『もう付き合うのはやめた方がいい』って、その理由はどうして？」

隣に座っている絢斗くんに視線を向けると、彼はなにか我慢をするように眉を寄せていた。

「ごめん、言いたくない。もし言ったら菜々花は……」

そのあとの言葉を飲み込むように絢斗くんは唇を結んだ。

どうしても私には言えないことなんだ。

『なんで教えてくれないの？』って、強く問いたい気持ちもあるけれど、彼の表情を見るとできなかった。

だって、辛そうな顔をしているんだもん。

別れようって言ったのは絢斗くんなのに。

「私、絢斗くんが好きだよ」

ここで泣いたら迷惑だってわかっているのに、あふれてくる涙を止められないままそう言った。

自分ができることは、想いを伝えることだけだから。

「初めて一緒に帰った時、私本当に緊張してた。でも、絢斗くんと話しているうちに緊張が解けて、もっと一緒にいたいって思って……。遠回りしたの覚えてる？　私、家に帰りたくないって思っちゃったよ」

絢斗くんはどうだった？

私の隣を歩いていた時、なにを考えてた？

「水族館、楽しかったよね。きれいなお魚がいっぱいいて、アザラシもかわいかった。おそろいのキーホルダーも買ってもらったし。帰りはこの公園に寄ったよね」

短い期間でも、すごく絢斗くんのことが好きだった。

ずっと、夢中だった。

私の話を絢斗くんは黙ったまま聞いているだけで、なにも言葉を返してくれない。

『好きだったのは、私だけだったの?』

もう一度聞く勇気は、どうしても持てなかった。

「……ごめんな」

もう、ダメなんだ。

小さな声で謝った絢斗くんを、見ることができない。

私はゆっくりと立ち上がって、彼に背を向けた。

「……帰る」

また明日、と言われない別れは苦しいくらい悲しくて、振り返ることなく私は家に帰った。


絢斗くんを見かけると、切ない気持ちでいっぱいになる。

そしてわきあがる気持ち。

まだ、好き。

水曜日になって、どうしても気持ちを切り替えることのできない私は、がんばって笑顔を作っていてもどこか上の空だった。

絢斗くんと直接話したことで、もうあの頃に戻れないことを実感してしまった。

沙耶は『大丈夫だった？』と心配してくれて、結局理由はわからないままだけれど、それ以上聞けなかったと、私は話した。

辛くて悲しい気持ちが、ずっと晴れない。

それでも、数日前よりはご飯も結構食べられるようになったし、少しずついつもどおりの自分に戻ろうとしていた。

だけどやっぱり考えて思い出すのは、絢斗くんと付き合っていた一ヶ月間のこと。

あの日々は、なんだったのかな。

好きな人と付き合えて、ドキドキして、嬉しくて。

つい最近まで幸せな気持ちばかりだったのに。

秋風に吹かれるたび、切ない想いがさらに増した。


放課後、文化祭の準備で忙しそうに作業をするクラスが目立ってきた。

うちのクラスは焼きそばを売るので、家庭科室にある調理器具を借りる申請や、他にも業者から道具を借りる手配、材料の注文、値段のプレートの用意と教室の飾りつけが必要だった。

みんなで手分けをして少しずつ準備を進める予定。

当日の焼きそば作りが一番大変かもしれないね、とクラスの子たちと話していた。

「菜々花、今日バイトなの。先帰るねっ。また明日！」

「うん、じゃあね」

今日の作業が終わって、急ぎ足で教室を出ていった沙耶を見送り、机の中を整理してから私は席を立った。

「なにそれ、バカじゃーん！」

廊下を出た時、女の子の楽しそうな声がしたので思わずそちらに視線を向けてしまう。

見なければよかった。

それは、あとから思うことで。

隣の教室の前で楽しそうに話をしていたのは、絢斗くんと佐藤さんだった。

ズキン、と胸が嫌な音をたてる。

佐藤さんは笑いながら絢斗くんの腕を軽くたたいていて、彼も楽しそうに笑みを浮かべていた。

「俺、オバケ苦手だからオバケ役無理なんだって」

「嘘つき！　やりたくないだけでしょう？」
なんでそんなに楽しそうに話しているの？
もやもやしたものが胸に広がって、佐藤さんをじっと見つめる。
すると佐藤さんが私の視線に気づいて、こちらを振り向いてムッとした表情を見せた。
はっとした私は慌てて歩きだし、階段へ向かう。
ふたりが楽しそうに話をしていても、もう私には関係ないことだってわかっている。
それでも、ふたりが気になってしまう。
まだ話しているんだろうな。
笑いあって、佐藤さんは絢斗くんの腕にまた触れるのかな。
どうしようもなく気になって落ち着かなくて、もう一度廊下に戻りたいくらいだった。
だけど止まらず、階段を降りて昇降口へ向かう。
戻ってふたりを見たとしても、どうすることもできない。
どんなに私が好きでも、もう別れてしまったから。
ひたすら暗い気持ちになるだけ……。
私はもう絢斗くんの彼女じゃないのだから、嫉妬《しっと》するのは勝手すぎる。

愛読者カード

お買い上げいただき、ありがとうございました！
今後の編集の参考にさせていただきますので、
下記の設問にお答えいただければ幸いです。よろしくお願いいたします。

本書のタイトル（　　　　　　　　　　　　　　　　　　）

ご購入の理由は？　1.内容に興味がある　2.タイトルにひかれた　3.カバー（装丁）が好き　4.帯（表紙に巻いてある言葉）にひかれた　5.あらすじを見て　6.店頭のPOPを見て　7.小説サイト「野いちご」を見て　8.友達からの口コミ　9.雑誌・紹介記事をみて　10.本でしか読めない番外編や追加エピソードがある　11.著者のファンだから　12.イラストレーターのファンだから　その他（　　　　　　　　　）

本書を読んだ感想は？　1.とても満足　2.満足　3.ふつう　4.不満

本書のご意見・ご感想をお聞かせください。

1カ月に何冊くらい本を買いますか？
1.1～2冊買う　2.3冊以上買う　3.不定期で時々買う　4.ほとんど買わない

本書の作品をケータイ小説サイト「野いちご」で読んだことがありますか？
1.読んだ　2.途中まで読んだ　3.読んだことがない　4.「野いちご」を知らない

読みたいと思う物語を教えてください　1.胸キュン　2.号泣　3.青春・友情　4.ホラー　5.ファンタジー　6.実話　7.その他（　　　　　　　　　）

本を選ぶときに参考にするものは？　1.友達からの口コミ　2.書店で見て　3.ホームページ　4.雑誌　5.テレビ　6.その他（　　　　　　　　　）

スマホ（ケータイ）は持っていますか？　1.持っている　2.持っていない

学校で朝読書の時間はありますか？　1.ある　2.昔はあったけど今はない　3.ない

文庫化希望の作品があったら教えて下さい。

学校や生活の中で、興味関心のあること、悩みごとなどあれば教えてください。

いただいたご意見を本の帯または新聞・雑誌・インターネット等の広告に使用させていただいてもよろしいですか？　1.よい　2.匿名ならOK　3.不可

ご協力、ありがとうございました！

お手数ですが
切手をおはり
ください。

郵便はがき

104-0031

東京都中央区京橋1-3-1
八重洲口大栄ビル7階

スターツ出版(株)　書籍編集部
愛読者アンケート係

(フリガナ)
氏　名

住　所　〒

TEL　　**携帯/PHS**

E-Mailアドレス

年齢　　**性別**

職業
1. 学生(小・中・高・大学(院)・専門学校)　2. 会社員・公務員
3. 会社・団体役員　4. パート・アルバイト　5. 自営業
6. 自由業(　　　　　　　　　)　7. 主婦　8. 無職
9. その他(　　　　　　　　　)

今後、小社から新刊等の各種ご案内やアンケートのお願いをお送りしてもよろしいですか?
1. はい　2. いいえ　3. すでに届いている

※お手数ですが裏面もご記入ください。

お客様の情報を統計調査データとして使用するために利用させていただきます。
また頂いた個人情報に弊社からのお知らせをお送りさせて頂く場合があります。
個人情報保護管理責任者:スターツ出版株式会社 販売部 部長
連絡先:TEL 03-6202-0311

「っ……」

下駄箱から外履きを取り出した私は、こぼれそうになる涙を必死でこらえた。

もう泣くのはやめようよ。

泣いたって、しょうがないんだよ。

どうしてまだ絢斗くんのことをこんなに好きなんだろう。

辛いから、忘れられるなら忘れたい。

だけど思い出すのは、絢斗くんのことばかり。

切ないよ。苦しいよ。

この気持ち、どうしたらいいの――。


次の日は土曜の文化祭のために午後の授業がなかった。

明日も準備として一日授業がないということで、いよいよ本番が近づいてきていると実感する。

「うちのクラス、今日の午後だけで装飾《そうしょく》は終わっちゃいそうだよね」

沙耶はクラスを見渡しながら笑っていて、私は同意した。

コツコツと毎日進めていたおかげで、飾りの制作は結構進んでいる。

教室はなごやかな雰囲気で、机をすべてうしろに片づけ、床に座ってみんなそれぞれ作業をしながらおしゃべりも弾んでいた。

私は値段のプレートとチラシの一部を沙耶と一緒に作っていた。

うちのクラスは結構仲がいいから、みんなで適当に語りだすと、女子も男子も笑う。

作業を終えて、私は盛り上がる輪からそっと抜けると、教室を出てトイレへ向かいながら、深く息をついた。

無意識にため息が出てしまう。

絢斗くんのことを考えないようにって思えば思うほど、胸が痛い。

普段は授業の時間で廊下は静かなはずだけれど、今日は文化祭の準備中だから学校全体がざわついていた。

廊下を歩いてたどりついたトイレに入ると、私はドキリとして足を止めた。

鏡の前で佐藤さんが髪を整えている。

気づいた佐藤さんがこちらに顔を向けて、私と目を合わせた瞬間きつい表情になった。

すぐに個室に入ってしまえばよかったのに、あきらかに不機嫌《ふきげん》そうな顔をされた私はとまどって動けなかった。

そのまま立っている私に、佐藤さんは冷たい声を出す。

「もう梶本くんと別れたんだよね？」

「……うん」

佐藤さんの険しい態度に、私はどうしていいのかわからなかった。

「なら睨《にら》まないでくれる？」

「え……？」

「昨日睨んでいたじゃん、私のこと」

「べ、べつに睨んでいたわけじゃ……」

「もう梶本くんと広田さんは関係ないのに。いつまでも彼女づらしないでよ」

そう言った佐藤さんは、不機嫌な顔で私を見ていた。

彼女づらなんてしているつもりはない。

もう、付き合っていないから。私が勝手に嫌な気持ちになっているだけなのも、ちゃんとわかっている。

「もしかして、まだ梶本くんのこと好きなの？」

聞いてきた佐藤さんから視線をそらした私は、うつむいた。

「だけどもう、広田さんにはチャンスないよ。別れちゃったらおしまいだから」

淡々とした声でそう言った佐藤さんは、私の横を通ってトイレから出ていった。

佐藤さんの言葉が、頭の中でぐるぐる回る。

チャンス、ないのかな……。

今の自分には辛すぎることを言われて、無性《むしょう》に悲しくなった。

トイレから出て、佐藤さんの言葉に落ち込みながら廊下を歩いていると、教室の前で沙耶と敦瑠くんが話しているのを見つける。

ふう、と息をついてからそばまで寄ると、ふたりは私に気づいて顔を見合わせた。

「どうしたの？」

気まずそうな反応をされて、なんとなく、私にかかわることを話していたんだろうと察した。

「あー……えっと、うん」

敦瑠くんはちらちらと沙耶を見ていて、それが『どうする？』と問いかけているように感じた。

沙耶は私を見たあと、敦瑠くんにうなずいた。

言いづらそうだったけれど、敦瑠くんは話しはじめる。

「あのな、昨日の放課後みんなで文化祭の準備してて、それでちょっと話したんだけど……絢斗、好きな女がいるって言ってた。誰とは言わなかったけれど、その子以外とは付き合いたいとは思えないって」

一瞬、周りの音が聞こえなくなった。

大きなショックが全身を突き抜ける。

「……そうなんだ」

平然と言ったつもりだったけど、頬がひきつっていて声が震えてしまった。

「菜々花……」

沙耶が心配そうな声で私を呼ぶ。

なんだ、そうだったんだ。

絢斗くん、好きな子ができたから私に別れようって言ったんだ。

急に態度が冷たくなったのも説明がつく。

『他に好きな人ができた』と、私に言いづらくて、もう付き合うのはやめた方がいいと思う、なんて言ったんだ。

ああ……もしかして、好きな人って佐藤さんなのかも。

楽しそうに話していたし、佐藤さんはかわいくて私なんかよりずっと会話が弾んでいた。

佐藤さんは絢斗くんのことを好きみたいだから、積極的に声をかけられたら付き合いたいって思うよね。

切ない思いが胸にじわりと広がって、それが涙腺《るいせん》を刺激《しげき》する。

まだ好きなのに。

絢斗くんのこと、忘れられないのに。

さっき佐藤さんに言われたことが再び頭に浮かんできて、苦しくなった。

もう、想っていることさえも辛いことになるんだ。

「菜々花、教室に入ろう」

廊下だと目立つから、と沙耶は私の手を握って敦瑠くんに「じゃあね」と声をかけた。

私はふらふらと、手を引かれながら教室の端へ連れていかれる。

「ごめん。菜々花には言わないほうがいいかなって敦瑠と話してたけど……でもさ、こういうの黙っていられるのはやっぱり嫌かなって思ったの……」

「……うん。なんか、すっきりしたよ。別れた理由も、きっと好きな子ができたからだね」

私は涙を拭《ふ》いてがんばって笑みを作った。

「そう、だと思う……」

沙耶は暗い表情でうなずいた。

笑っていたはずの私の瞳から、涙が出てくる。

「もう忘れないとダメだね。辛いだけだもんね」

「うん……」

「あはは……なんか、もう、理由わかって本当にすっきり」

一生懸命強がった。

強がれば涙が止まると思ったから、泣いているのに笑顔を浮かべて、理由がわかってすっきりなんて言ってみたけど……。

ダメ、無理だよ。

まだ好きだって思っているのに、絢斗くんに好きな子がいるって聞いて苦しくてどうしようもないよ。

次から次へと流れていく涙。

あきらめよう。

忘れよう。

無駄な強がりだってわかっていても、辛い気持ちをまぎらわすのに必死だった――。

次の日は文化祭準備で一日フリーだった。

私は気持ちを切り替えて、はりきって準備に参加した。

強がりでも決めたから。

もう、絢斗くんのことはあきらめる。

毎日暗い顔をして沙耶に心配ばかりかけていられない。

明るく振る舞う私を見た沙耶は、同じように笑顔で接してくれた。

「新しい恋しよう！　私も絶賛《ぜっさん》、彼氏募集中《ぼしゅうちゅう》！」

沙耶が意気込んでそう言ったから、私は笑ってうなずいておいた。

本当は新しい恋なんてまだ考えられないけど、下ばかり向いているわけにはいかないから、無理やりでも前を向きたい。

きっと、私の気持ちを沙耶はわかっていて、気分を明るくさせようと思ってくれている。

だから、私は笑顔でクラスのみんなと飾り付けをした。

焼きそばを置くために机を並べて、百円ショップで購入したランチョンマットを一枚ずつ敷《し》く。

絵の上手な子が動物のイラストを書いて、切り抜いたものを脇に貼った。

「ねえ、教卓《きょうたく》もうひとつ欲しくない？　会計を二か所にすればスムーズだし」

クラスメイトのひとりがそう提案し、周りも「そうしよっか」と賛成する。

「じゃあ、私空き教室に教卓あるか見てくるよ」

私は前に出てそう言った。

「ありがとう！　菜々花ちゃん頼んだ！」

「よろしくねっ」

「お願いー!」

みんなの言葉に「はーい」と返事をして、私は教室を出た。

空き教室は一組よりも奥の一番端、階段の少し先の場所にある。

廊下を歩いて空き教室を目指した。

すると、三人の男子生徒が階段を上ってきて、それを見た瞬間ドキリとする。

男子生徒は絢斗くんと同じクラスの人たちで、付き合いはじめた時、よくヒソヒソ話しながら見てきたのは彼らだ。

絢斗くんが『俺の彼女を勝手に見るなって、周りに言っとくから』と、言ってくれたあたりから見られなくなったけれど……。

廊下の端を歩いていると、向こうが私に気づいて「あっ」という声を出し、からかうように声をかけてきた。

「ねえ、絢斗と別れたんでしょ?」

笑いながら聞いてきた相手に不快な気分になった私は、目をそらしながら首を縦《たて》に振った。

「早かったよな。一ヶ月もった?」

「つか、絢斗はマジだったの?」

「知らねー、どうでもいい」

「たった一ヶ月程度、付き合ったたってカウントに入んの？」

小バカにするような男子たちの態度が嫌で、私は唇を結んでうつむいた。

たとえ一ヶ月でも私にとって特別で、〝付き合っていた〟と思える時間だった。

なんでこの人たちに笑われなければいけないんだろう。

関係ないよね？

私は拳《こぶし》を握りしめながら、じわりとにじみだす苦しい想いに耐える。

「お前らなにやってんの？」

うしろから低い声がして、男子たちがその方向に目を向けると、すぐに笑うのをやめた。

そして気まずそうにしながら私から離れ、そそくさと去っていく。

振り返ると、そこには絢斗くんが立っていた。

胸の音が一気に騒ぎだす。

私から視線をそらした絢斗くんは歩きだし、おたがいの距離がどんどん近づいていく。

彼が声をかけてくれたから、男子たちが私から離れた。

絢斗くんのおかげで……。

助けてくれたのかな、なんて思ってしまう。

でも彼は全然私の方を見てくれないから、さっきの行動に特別な意味なんてなかったのかもしれない。

だってもう、おたがい関係ない存在だから。

絢斗くんが私の横を通っていく。

ダメだ……。

もうあきらめるって決めたばかりなのに。

どうしても、彼のことが心から離れない。

「絢斗くん！」

呼び止めると、彼は立ち止まって振り向いた。

「……なに？」

素っ気ない態度の絢斗くんに、呼び止めないほうがよかったのかもしれないと思ったけど、私は拳を握りしめ、精いっぱいの気持ちを込めながら言葉を発した。

「私と付き合っていたのは、遊びなんかじゃなかったよね？」

それだけ知りたい。

別れる理由を教えてくれなくても、あの時間はいいかげんなものではなかったって、そう言ってもらいたいという切ない願いもあった。

まっすぐ絢斗くんを見つめると、彼は険しい表情になり、私から視線をそらしてしまう。

「俺は、菜々花と付き合ったことを後悔してる」

「え……？」

絢斗くんの言葉はしっかり聞こえた。

だけど、聞き返したくなった。

彼の言葉が信じられなくて。私の聞きまちがいであってほしいと思った。

絢斗くんはそっと、視線を私に戻す。

「菜々花と付き合わなければよかった」

「どういう意味……？」

なんで、そんなことを言うの？

全身に衝撃《しょうげき》が走ったような感覚で、目の前が真っ暗になる。

言葉の意味をわかりたくない。理解したくない。

後悔してるって……私と付き合わなきゃよかったって……。

「やっぱり遊びだったから……？」

「違う！　遊びなんかじゃなかった。でも、菜々花が好きになったのは……」

途中で絢斗くんは口を閉じてしまった。

気になって言葉の続きを待っていたけど、彼はなにかをこらえるように眉を寄せている。

「絢斗くん……？」

「わかったんだ。俺は菜々花の隣にいないほうがいいって」

苦しそうな表情でそう言った絢斗くんは、背を向けて歩きだし、階段を降りていった。

どうして隣にいないほうがいいなんて、わかるの？

遊びじゃないのなら、付き合っていたふたりの時間をそんなふうに否定しないでほしい。

私にとって特別で幸せだった時間を『後悔してる』って……。

ひどいよ。

私だけ浮かれて、いつも絢斗くんのことを考えていたのなら、それってすごくバカみたい。

痛いくらい唇を強く結んだ。

もう忘れるよ。

みっともないもん、私だけこんなに好きで、惨《みじ》めだ。

震えながら息を吐きだした私は、空き教室へ向かった。

教卓があるのを確認し、みんなに伝えて先生の許可をとったあとに運びだした。

その間の私はいつもどおり笑っていたけど、心の中は重苦しい気持ちでいっぱいだった。

好きな人がいるっていう話も、付き合ったのを後悔してると言われたことも、すべてが心に突き刺さって痛くて、家に帰ってから思いきり泣いた。

君に伝えたい想い

文化祭当日。

高校生になって初めての文化祭だから、始まる前からドキドキしていた。

「他校の男子と出会うチャンス!」

教室のドアの前に立って、沙耶はとてもはしゃいでいる。

「沙耶は、どんな男の子が好きなの?」

「えっとね、かっこよくて優しくてサッカー部で、勉強できて気遣いハンパなくて、それからね……」

「多すぎ!」

私はあきれた笑みを浮かべながら沙耶を肘でつついた。

なんとなく理想が高いのだろうなとは思っていたけど、そんなに完璧な人はいない気がする。

「うちのクラス以外の食べ物も楽しみだよね。たこ焼きとポップコーンも食べたい!」

パンフレットを開いた沙耶は瞳を輝《かがや》かせていた。

昨日の夜にたくさん泣いたせいで、朝起きた時は頭が重かったけれど、今日は余計なことを考えないで楽しむことにする。

せっかくの文化祭だもん。

隣にいる沙耶も、私と校内を回るって楽しそうに言ってくれたから、明るい思い出にしたい。


沙耶と私は十二時まで会計係だった。

お昼が近づいてくると焼きそばはどんどん売れはじめ、予想以上の数のお客さんに調理メンバーは慌てていたけど、協力して一生懸命作ってくれている。

会計係の私たちも、お客さんを待たせないようにと必死に対応していた。

「午後はもっと売れそうだよね。人、まだまだ来そうだし」

交代の時間になり、人でにぎわう校舎の廊下に出た沙耶は脱力《だつりょく》しながらそう言った。

「そうだね。様子見て忙しそうだったら手伝ってあげよう」

「うん。会計場所、二か所にしてよかったよね。一か所だったら、もうパンクしていたよ」

本当にそう思う。

沙耶の言葉にうなずいていると、「おーい！」とうしろから声がして、自分たちを呼んでいるのかわからないけど、なんとなく沙耶と私は振り向いた。

すると、すぐそばに薄汚れた白いTシャツと、やたらとダメージの入りすぎたジーンズを身につけて、顔に赤い汚れを付けた敦瑠くんがいた。

沙耶は奇妙だと言いたげな表情で指摘する。

「敦瑠？　なにその格好？」

「なにって、オバケだろオバケ！」

「……小汚いおじさんじゃないの？」

「違ぇし！　俺のクラス、お化け屋敷やってんの！」

敦瑠くんは『一年二組　めちゃコワお化け屋敷はコチラ』という看板《かんばん》を掲《かか》げて、私たちに見せてきた。

「全然迫力ないんですけどー」

「うるせ！　中のヤツらはすげぇんだよ！　案内してやるから、ふたりとも入ってみろよ！」

沙耶にそう言ったあと、敦瑠くんは隣にいる私に目を向けて、「あっ……」と気まずそうな表情をした。

たぶん、私たちが敦瑠くんのクラスに行くということは、絢斗くんに会ってしまうことになるからで、敦瑠くんはまずい、と思ったのだろう。

なんだか申し訳ないと感じた。

「敦瑠くん、もう大丈夫だよ。だから気にしないで」

「そ、そっか……よかった」

敦瑠くんはほっとしたような顔をした。

「じゃあ、俺行くわ」

「どこに?」

「え……えーっと」

なんとなく聞いたという感じの沙耶の問いに、敦瑠くんは私と沙耶を交互《こうご》に見て言葉をつまらせた。

なにか、絢斗くんと関係のあることなのかな。

やはりどうしても気にしてしまうらしい。

私が『大丈夫だよ』と伝えるように微笑むと、それを確認した敦瑠くんは言葉を発した。

「絢斗の、兄を迎えに」

「兄?　あっ、お兄さんがいたんだ?」

「知らなかった!」とこちらを見た沙耶に、私もきょとんとしながら目を合わせる。

「あー……あいつあんま自分のことぺらぺらしゃべらねぇし、絢斗と同じ中学のヤツ少ないから、これまだあんまり知られてないんだろうな。実は絢斗って双子《ふたご》なんだ」

「えっ、そうなの?」

沙耶が驚いた声を出すと同時に私も驚いて、目をぱちぱちさせる。

絢斗くんが双子だったなんて知らなかった。

そういえば最初の頃にメッセージのやりとりで家族の話を少しだけしたことがあったけれど、たしか四人家族だということまでしか聞かなかった。

沙耶は興味深げな顔で、さらに話を続けた。

「双子ってことはさ、梶本くんと似てるんだよね⁉」

「ああ、超そっくり。二回会ったことあるけど、全然見分けつかねーよ。絢斗は弟なんだってさ」

うなずきながらそう言った敦瑠くんはうちのクラスの時計を覗くと、「ちょっと行ってくるから」と急いで駆けていってしまった。

敦瑠くんのうしろ姿を見届けながら、私は絢斗くんの双子のお兄さんが気になった。

しかし見にいくわけにもいかない。

沙耶はどうかな、と視線を向けると、いつの間にかパンフレットを開いて見ていた。

興味はそれてしまったらしい。

「とりあえずさ、食べ物回ろうか！」

顔を上げた沙耶の明るい声に、私は微笑む。

もう、絢斗くんのことは考えちゃダメだよね。

私たちは三年生や二年生のクラスを回り、たこ焼きとチョコバナナ、ポップコーンを買って体育館のそばにある石段に座った。

「うちら買いすぎ？」

沙耶がたこ焼きを食べながら笑っている。

「大丈夫、大丈夫」

私はポップコーンとチョコバナナを両手に持ちながら答えた。

中庭でもジュースやたい焼きを売っていて、お客さんでにぎわっている。

近くの通路も生徒や外部からのお客さんたちが行き来していた。

「ねえ、菜々花」

たこ焼きを全部食べ終えた沙耶が次にチョコバナナを手にした時、落ち着いた声で話しかけられたので、私は「うん？」と聞く姿勢をとった。

「ここ数日の菜々花、元気になってきたけれど……梶本くんのこと、本当にもういいの？」

そっと様子を窺うように聞いてきた沙耶に、私は小さく笑みを作った。

「沙耶はいっぱい励ましてくれたよね。ありがとう。絢斗くんのことは……もういいんだ」

「まだ好きなんじゃないの？」

「好き……だけどさ、ダメなんだよね」

好きな人がいて、私と付き合ったことを後悔してる相手には、もうどうやったって想いは届かないでしょう。

「そのうち忘れるよね。たった一ヶ月の付き合いだったし」

明るく言ってみたけれど、胸はズキッと痛んだ。

私はあの一ヶ月を忘れたいなんて思えない。

だけど……もう、絢斗くんから冷たい言葉を聞くのは嫌なんだ。

「あきらめるよ」

立ち止まったまま惨めな思いをしたくない。

「そっか」

沙耶は息をついてから優しく笑った。

「まあ、これから恋もたくさんするだろうし。次に進め！　だね！」

私を励ますように明るく言った沙耶は、チョコバナナをぱくりと頬ばった。

「そうだね」と小さな笑みを作った私は、たこ焼きを食べはじめる。

大丈夫、いつか笑って話せるような思い出になるよね。

とにかく今は前を向こうと、私は思った――。


買ったものをすっかり平《たい》らげて、私たちは一度自分のクラスの様子を見にいった。

人手は足りているみたい。

後半メンバーたちが『大丈夫だよ』と言っていたので、再び沙耶と校内を回ることにした。

手作りボウリングや、くじ引きなどのちょっとしたゲームに参加して、最後は体育館のステージでやっていた軽音楽部のライブや三年生のクラスの演劇を見た。

沙耶はかっこいい人がいると私に『見てあの人！』と耳打ちしてきたけれど、それでなにかがあるわけでもなく、すれちがって終わり。

沙耶は『かっこいい人を発見できただけでいいの』と言っていて、見ることができれば満足らしい。

終了時間までたっぷり校内を回って楽しみ、クラスへ戻った。

「お疲れ様ー！」

クラス全員で声をかけあい、最後に会計係をしていた子が売り上げの合計を計算していた。

みんなから経費として五百円ずつ集めていたから、三十五人分で一万七千五百円以上の売り上げがあればプラス。

緊張した面持《おもも》ちでみんなが見守っている中、見事売り上げは集めたお金を上回った。

やったぁ！と喜ぶクラスメイトたちと一緒に、私も拍手《はくしゅ》して笑う。

売り上げは一度担任に預《あず》けて、後日みんなでの打ち上げに使うことになった。

少し余った焼きそばは、希望する人たちで分けた。

そして学校全体は、少しずつ片づけに入っていく。

週明けにも片づけをする時間があるけれど、生ゴミや廊下などに置かれた机や椅子は今日のうちに片づけることになっている。

「一日あっという間だったね」

「本当だね」

机を片づけたあと、教室の端で沙耶の言葉にうなずいて、ふう、と息をついた。

喉が渇《かわ》いたな、と鞄の中を見たけれど、校内を回っている時に買ったミルクティーは空だった。

すっきりする炭酸飲料が飲みたい気分。

私はお財布《さいふ》を持って沙耶に声をかけた。

「ちょっと、下の自販機で飲み物買ってくるね」

「はーい、いってらっしゃい」

明るい沙耶の声を聞き、教室を出た。

まだ少しだけ、校内には一般《いっぱん》の人たちが残っている。

一階に降りると、昇降口の前は帰っていく人たちでごちゃごちゃとしていた。

自販機は昇降口を通り過ぎた先にある。

目的の自販機にたどりつくと、先に飲み物を買っている私服の男の子がいた。

数歩離れたところで立ち止まって待っていると、取り出し口からペットボトルを取り上げた男の子の体がこちらに向く。

そして顔が見えた時——絢斗くんだ、と思った。

「あ……」

だけど、違う。一瞬絢斗くんに見えたけど、この人は私服姿で茶髪だから、もしかして双子の……と思ったら声が出てしまっていた。

相手は私に視線を向けて、首をかしげる。

「す、すみません」

どうしよう、気まずいし恥ずかしい。慌てて頭をさげたけど、急になんだよって思われているかも。

たしかに、絢斗くんと似ている。でも、なんとなく雰囲気的なものが違う。

初対面のはずなのに会ったことがあるように感じるのは、絢斗くんと似ているからだろうか……。

「……あ。菜々花ちゃん、だよな？」

「え？」

彼が思い出したように私の名前を口にしたから、どうして知っているんだろうと、目をぱちぱちとさせた。

その疑問への答えを、彼は笑って話しだす。

「絢斗と同じ学校だから俺のこと知ってたのか。夏祭りの時に会ったよな？　たしか、靴擦れしたとかで俺、絆創膏あげなかったっけ？」

……え？　夏祭りの靴擦れって、あの時のことだよね。

息をのむと同時に、彼の言葉が頭の中で何度も繰り返される。

夏祭りに会った？

絆創膏をあげた？

それは――。

「おい蒼斗《あおと》、まだー？」

「ああ、ちょっと待って！」

うしろからかけられた声に反応した目の前の彼を見つめながら、全身が震えるような衝撃を感じた。

「蒼斗、くん……？」

「うん？」

友達から私に視線を戻した彼は、首をかしげる。

あの日、私に絆創膏をくれたのは……絢斗くんじゃなくて、双子のお兄さんの蒼斗くんだったの……？

「ごめんなさい……」

私、勘ちがいしていたんだ。

夏祭りの時に会ったのは、絢斗くんじゃなかった。

どうしたのかと、不思議そうな顔をしている蒼斗くんに、私は背を向けて歩きだそうとする。

「……待って」

すると、私の腕を蒼斗くんがつかんだ。

「もしかして、俺と絢斗をまちがえてた？」

振り向いた私をまっすぐ見つめる蒼斗くんに、気持ちがさらに焦る。

「ちょっと前、絢斗に聞かれたんだ。夏祭りの時、女の子に絆創膏をあげたかって。あげたって答えたら、あいつ、ショックを受けたみたいな顔してた」

「……絢斗くんに、言ったの？」

「うん。菜々花ちゃんって子、かわいかったから今度会ったら遊びに誘おうって」

私の反応を見るように、口もとをゆるめながら蒼斗くんはそう言った。

それなら、絢斗くんは私が勘ちがいしていたのを知っているということだ。

もう付き合うのはやめた方がいいって言っていたのは……。

「ごめんなさい、蒼斗くんの言うとおり私、ふたりをまちがえてた。だから、今から絢斗くんのところへ行ってくる！」

「え？　……あ、ちょっと！」

蒼斗くんから離れて私は走りだし、急いで階段を上った。

一年生の階にたどりつき、ブレザーのポケットからスマホを取り出して、絢斗くんに電話する。

だけど、電話はつながらない。

スマホを握りしめ、息を切らしながら絢斗くんのクラスに向かう。

とにかく絢斗くんと話をしなくてはいけないと、それだけしか頭になくて。

二組にたどりつき、荒《あら》い息を吐きながら教室の中を覗いた。

お化け屋敷をやっていた二組は窓に付けていた暗幕《あんまく》を片づけていて、なに？という顔をしたクラスの子たちが私をじろじろと見てくる。

教室の中に絢斗くんの姿はなかった。

どこにいるのだろう。

気持ちばかりが焦って、とにかく見つけなければと周りを見渡していたら、廊下にいた敦瑠くんに気づいて、私は駆け寄った。

「ねえ、絢斗くんどこ⁉」

「え、絢斗？」

敦瑠くんはとまどったのか、パチクリと瞬きして聞き返してきた。

私が絢斗くんを探していることに驚いたのだろう。

そんなことはどうでもいいから、早く絢斗くんを探したい。

「どこ⁉」

「ええっと……教室にいねーし、たぶん片づけとかだるいからどっかで時間つぶしてるんだろうけど、どこに行ったかは……」

敦瑠くんが言い終わる前に私は走りだして、階段へと向かっていた。

そして校内を順に探し回った。

体育館や中庭まで見にいって、一階、二階、三階、と走る。

その間に、今までのことを思い出していた。

私は絢斗くんが夏祭りのことを覚えていなくて、だから学校ですれちがっても目が合わず、告白した時に名前を聞いてきたのだと思っていた。

だけどそれは違っていて、あの日私が告白した時、初めて言葉を交わしたんだ。

私は気づかなくて、絢斗くんに言ってしまった。

夏祭りの時に会っているんだよって。

あの時の絢斗くんの顔は……あれは思い出した顔なんかではなく〝なにを言っているんだろう〟と不思議に思った顔だったんだ。

なんてことを言ってしまったんだろう。

あの時の絢斗くんの優しさに、ドキドキしただなんて。

あれは、蒼斗くんだったのに――。

絢斗くんはどんな気持ちになったかな。

彼が『後悔してる』と言ったのは、私が勘ちがいしていたから?

別れようと言われて公園で話をした時、絢斗くんは悲しそうな表情をしていた。

考えて、胸が苦しくなる。

行き違いになったかもしれないと、私は息を切らしながら再び一年生の階に戻ってきた。

どこにもいない。

絢斗くんに会って話をしたいのに。

特別棟のほうかな。

廊下で彼の姿を探していたら、ふと、空き教室に意識が向いた。

クラスから離れていて、階段より奥の一番端にあるそこは、近くまで行くと生徒の声も遠くに感じる。

私はそっと、ドアに手をかけてゆっくりと開けた。

ガラガラ、という音が響く。

夕陽《ゆうひ》に照らされた教室で、窓側のまん中の机に寄りかかってスマホを見つめていた男子が私の方に顔を向けた。

——見つけた。

「絢斗くん……」

見つけることができてよかったと思いながら、私は中へ入ってドアを閉めた。

「……どうしたの？」

絢斗くんはそう答えながらも私から視線をそらし、窓へ顔を向けてしまう。

もう、私と目を合わすのも嫌になっちゃったかな。

当然かもしれない。だって、ずっと気づけなかったのだから。

それでも、私は絢斗くんと話がしたくて彼を探していた。

今、自分の気持ちを伝えないと絶対に後悔すると思った。

「ごめんなさい……」

そう言った私の声は震えていた。

「私、勘ちがいしてた。夏祭りに会ったのは絢斗くんじゃなくて双子の——」

「蒼斗に会ったんだ？」

途中でそう言った絢斗くんに、私は「うん……」と小さく返す。

すると、絢斗くんは深く息をついた。

「菜々花が好きになったのは、蒼斗だろ？　蒼斗に会えたのなら、菜々花の気持ちをあいつに伝えて……付き合えばいいよ」

突き放すような言い方をされて、私は拳を握りしめながら耐えた。

「夏祭りの時、蒼斗くんに優しくされてドキドキした。あの時の蒼斗くんをずっと絢斗くんだと思ってた。でもね、あの日……絢斗くんに好きだって言った時、私、絢斗くんの表情にドキドキしたの。夏祭りの時とは違う気持ちだったの……！」

あの時、ほんのりと頬を赤らめた彼に心が惹かれた。

私は絢斗くんの背中に向かって必死に話しかける。

「絢斗くん……私、たしかに勘ちがいしてたよ。でもね、一ヶ月一緒にいて大好きだと思ったのは、絢斗くんだよ……！」

初めて一緒に帰った日。

一緒に水族館に行った日。

公園で初めてキスをして、恥ずかしくて、でも嬉しくて。

歩く時はいつも私の歩幅に合わせてくれる、優しい絢斗くん。

私の瞳から涙がこぼれ落ちる。

絢斗くんが好き。

一ヶ月、そばにいた絢斗くんが――。

「……あの日、好きって言われるまで、菜々花のことは〝隣のクラスの女子〟としか思ってなかった。顔は知っていても名前は知らなかったし」

こちらに顔を向けないまま、絢斗くんがつぶやくように話しはじめた。

「だけど、俺に全力で『好きです』って伝えてくる菜々花に、なんか、心が動いたっていうか……とにかく心臓の音がやばかった」

私は絢斗くんをじっと見つめながら、何度も思い出しているあの日のことを頭に浮かべる。

ふたりきりの教室で自分の想いがぶわっとあふれだして、自然と『好き』って言葉になったんだ。

「付き合ってみて素直だしかわいいし、いつも俺を見てる菜々花のことをどんどん好きになった。だけど……菜々花が夏祭りの話をした時、勘ちがいされてるって気づいたんだ」

あの時、私は彼を傷つけてしまったのかもしれない。

窓の外を見ている絢斗くんの姿に、胸がぎゅうっと締めつけられる。

「俺はバイトで夏祭りに行ってないから。蒼斗に『夏祭りの時、女の子に絆創膏あげた？』って聞いたら、あげたって言ってて……菜々花が好きになったのは、俺じゃなくて蒼斗だったんだって思った」

――ゆっくりと、振り返った絢斗くんの表情が、夕陽の暗赤色《あんせきしょく》を背にして切なく見えた。

「だけど、俺は菜々花が好きだから……。最初は黙ったまま付き合っていようと思ったんだ。でも、蒼斗が文化祭に行くって言い出して……隠し通すのは無理な気がした」

絢斗くんは、私の知らないところで悩んでいたんだ。

気づけなかった自分が情けない。

「蒼斗は、夏祭りで会った菜々花のこと、今度会ったら遊びに誘おうかなって言って、気に入ってるみたいだった。だから、菜々花が好きになったのが蒼斗なら、俺と付き合うのをやめた方がいいと思ったんだ。それが菜々花のためかもしれないって」

「もう付き合うのはやめた方がいい、私のため、って言っていた理由はそれ？」

「……うん。理由を言えなかったのは、隠せないってわかっていても、蒼斗の存在をギリギリまで知られたくなかったから。別れた方がいいって言ったくせに、心の中では菜々花が蒼斗のところへ行ったら嫌だと思ってたんだ」

絢斗くんはそう言って視線を落とした。

彼が私に別れる理由を教えてくれなかったのは、そういう気持ちがあったからなんだ。

ずっとわからなくてももやもやしていたものが、解けていく。

「好きな人は？　敦瑠くんが、絢斗くんは好きな人がいるって言ってたけど……」

「菜々花だよ」

視線を上げた絢斗くんは、私をじっと見つめてそう言った。

「好きで離れたくなんかないのに、別れようって言ったんだ。夏祭りで絆創膏をくれたのは実は蒼斗だって知った菜々花はどう思うのか、俺、怖かったんだよ。夏祭りで会ったことがきっかけみたいに言われたら、好きでいてもらえる自信なんて――」

私は絢斗くんのそばに向かって、彼に抱きついた。

別れていた時も、好きでいてくれたんだ。

嬉しさと、切ない想いが込みあげてくる。

「絢斗くんのことが好き！　たった一ヶ月の付き合いでも、別れようって言われて簡単に忘れるなんてこと、できなかった……！」

「菜々花……」

絢斗くんが私の肩をそっとつかんで、顔を覗くように見てきた。

「俺、菜々花のこと一方的に突き放した。付き合ったこと後悔してるとか、ひどいことまで言ったのに……嫌にならなかったのか？」

「言われた時は、すごくショックだったよ。でもね、それでも私は、絢斗くんのことをあきらめられなかった」

だって、彼の素敵《すてき》なところをたくさん知ってしまったから。

絢斗くんの言葉に傷ついたけれど、彼の想いを知った今はもう気にしない。

私はぬくもりを確かめるように、彼の背中に回す腕に力を入れた。

「絢斗くんが好き」

あきらめよう、忘れよう、と思うようにしていた時も、本当は絢斗くんと付き合っていた一ヶ月間を思い出して、彼の笑顔やはにかむ仕草を切ないくらい好きだとあらためて感じていた。

私の気持ちは、あの日絢斗くんに好きだと言ってからずっと彼に向いている。

ゆっくりと体を離した私は、絢斗くんをまっすぐ見た。

「好き……！」

伝わってほしい、私の想い。

必死にそう願って言葉にすると、絢斗くんの瞳が揺れた。

想いがさらにあふれだす。

「……絢斗くんは？　今、私のことどう思ってる？」

教えてほしい。彼の気持ちをしっかりと確認したいと思った。

苦しそうに眉を寄せた絢斗くんは、ゆっくりと言葉を発した。

「……好きだよ。俺も菜々花が好きだ」

背中に腕が回って、絢斗くんは私をしっかりと抱きしめた。

切なくて苦しかった胸がときめくように高鳴りだして、すっと軽くなっていく。

「ひどいこと言ってごめん」

「ううん……。もういいよ、今は嬉しいから。絢斗くんに好きって言ってもらえて。

付き合ってる時も言われていなかったから……」

「あ……そうか、悪い。言いそびれてた。菜々花と一緒にいるとドキドキして、俺、全然余裕なかったから」

私を抱きしめる腕に力を入れて、絢斗くんは困ったように言った。

そういう理由でよかった……。

ずっと心にひっかかっていたから、彼の口から聞くことができてほっとした私は、体の力を抜いた。

「菜々花。また、俺の彼女になってくれる？」

耳もとで響いた絢斗くんの声に、震えるくらいドキドキした。

それは、あの日私が初めて想いを伝えた日よりも、ずっと。

「うん。絢斗くんの彼女になりたい」

微笑みながら私が答えると、絢斗くんは体を離した。

「ありがとう……」

そっと絢斗くんの右手が私の後頭部に触れて、熱っぽい雰囲気に誘われるように、視線が絢斗くんの唇に向く。

期待しちゃう自分が恥ずかしい。

それでも、視線をそらせなかった。

絢斗くんがゆっくりと近づいてきて、私にキスをしてくれた。

「……誰か来たらどうしよう」

「したあとに心配したってしょうがないだろ」

頬を真っ赤にしている私の額《ひたい》にコツン、と自分の額をくっつけた絢斗くんは小さく笑った。

窓の外の夕焼けはずっと同じもののはずなのに、なぜか今はすごく優しい色に見えた。

もう一度君の隣で

あれから私は、ドキドキの毎日を過ごしている。

「やっぱり、菜々花には梶本くんがお似合いだよ」

文化祭が終わって一週間が経った放課後の教室。

沙耶がこちらを見てしみじみと話すので、私は照れ笑いを浮かべながら、温かな気持ちになる。

絢斗くんと空き教室で話をしていた時、自販機で飲み物を買ってくると告《つ》げてなかなか戻ってこない私を、沙耶は心配していたらしい。

でも、私が絢斗くんを探していたことを敦瑠くんから聞いて、もしかしたらふたりで話しているのかもしれないと、教室で待っていてくれたのだ。

沙耶は私が辛い時、ずっとそばで想いを聞いてくれていた。

絢斗くんともう一度付き合うことになったことを教室に戻ってすぐ沙耶に報告したら、目を潤ませながら『よかったね……！』と言ってくれた。

あの時のことを思い出すと、じんわりと胸が温かくなる。

「それにしても、夏祭りに会ったのが双子の兄の方だったなんて、聞いて驚いたよ。敦瑠もそっくりだって言っていたし、本当に似ているんだね」

「うん……。私、まちがえていることに気づかなかった」

「もう、それはしょうがない！　菜々花が学校でずっと目で追っていたのは梶本絢斗くんでしょ？」

明るい沙耶の声色に、私も引っぱられて大きくうなずいた。

「沙耶……ありがとう」

「えっ、なに、菜々花。急にあらたまってどうしたの？」

「だって、沙耶にはたくさん心配かけたし、話も聞いてもらったし」

「それは当たり前だよ。友達なんだからさっ」

沙耶がにっと笑ったから、私も一緒ににっこりした。

「あ、ほら、来たよ」

沙耶が私の肩をつついたので、教室のドアに視線を向けるとそこには絢斗くんが立っていた。

私は席を立ち、鞄を持って彼のところに向かう。

すると、優しく声をかけられた。

「帰ろう」

「うん！」

微笑みながら返事をすると沙耶がこちらにやってきて、絢斗くんの前にどしっと構えた。

「梶本くん。もう菜々花のこと泣かせないでね」

「ああ。わかってるよ」

絢斗くんは私を見てから、しっかりと答えてくれた。

それを聞いた沙耶は安心したような表情になる。

「じゃあね、沙耶」

「はーい、また明日ね」

沙耶に手を振って廊下へ出た私は、絢斗くんと並んで歩きだした。

こうしてまた絢斗くんの隣を歩くことができて嬉しい。

すごく幸せな気持ちで、私は絢斗くんを見上げていた。

その視線に気づいた彼が首をかしげる。

「なんでニヤけてんの？」

「ううん、べつに」

「菜々花。なに考えてんだよ」

「教えない」

笑ってそう言うと、絢斗くんが私の右手を捕まえた。

「言えよ」

「えー、絢斗くんと一緒にいられることが嬉しいなって思っただけだよ」

思っていたことを口にしてはにかんだら、私の手を握る力がゆるんで、絢斗くんがほんのり頬を赤くする。

その表情になんだか私まで照れてきちゃうよ。

私は絢斗くんから視線をそらし、話を変えてみる。

「絢斗くん、今度バイト先にラーメン食べにいくからね！」

「え、あ、おう」

「そうだ。遊園地も行こうって話してたよね。絶対行こうね」

「そうだな。行こう」

絢斗くんは落ち着きを取り戻し、私の手を再びぎゅっと握った。

「もう絶対に離さないから」

その言葉が胸に染《し》み込んで、こうしてふたりで並んで歩いていることに幸せな想いがあふれてくる。

「好きだよ、絢斗くん」

私は笑って、これからも続く想いを伝えた。

大好きな君へ。
あの日、君を好きになってよかった。
あの瞬間に、恋をしてよかった。
これからもそばにいて、君のいろいろな仕草にドキドキしたいなって思う――。

【END】

番外編

特別なこと【絢斗side】

文化祭が終わって、菜々花とあらためて付き合いはじめてから二週間。

「お前、菜々花ちゃんと付き合ってるんだ?」

キッチンの冷蔵庫からお茶のペットボトルを取り出した俺は、ダイニングテーブルにそれを置き、リビングのソファに座っている蒼斗を見た。

今日は日曜で、両親はふたりで買い物に出かけている。

「この前部屋に電話しながら入っていって、相手のこと『菜々花』ってめっちゃ嬉しそうに呼んでただろ? 廊下にいて聞こえちゃった。あの感じは付き合ってんだろ」

じっとこちらを見て聞いてきた蒼斗に、答える気分になれない。

なにを言いたいのか、わかるからだ。

でも、はっきりしておいた方がいいだろうな。

「付き合ってる」

「なんだよ。俺、菜々花ちゃんのことかわいいと思ってたのに!」

蒼斗はがっかりしたようにそう言った。

絆創膏のことをたずねた時、蒼斗は菜々花のことを覚えていて、かわいかったと話していた。

それを聞いた俺は、菜々花が好きになったのが蒼斗で俺と勘ちがいしているなら、別れるべきだと考えたけれど……。

どうしても菜々花が好きだった。

蒼斗が文化祭に行くなんて言わなかったら、俺は知らなかったふりをしたと思う。

……いや、どちらにしても菜々花の勘ちがいがわかった時点で、ずっと蒼斗のことが引っかかってたかもな。

「今後、また菜々花に会うようなことがあっても手を出すなよ。俺の彼女だから」

「そんなに好きなの?」

「好きだよ」

即答《そくとう》した俺は、コップを用意してお茶を注《そそ》ぐ。

「ふうん。でもお前、菜々花ちゃんが勘ちがいしているって知った時、どう思ったの?」

おもしろがるような口調でそう聞く蒼斗は、俺の反応を見て楽しみたいんだろうな。

べつに、と俺が強がったところを、からかうのが好きなんだろ。

だけど俺は菜々花のことになると強がれないし、隠せない。

それはもう、別れていた間に思い知ったんだ。

「知った時はショックだったし、辛かったよ」

正直な気持ちを口にした俺を、蒼斗は意外そうな顔で見ていた。

「お前ってそういうタイプだった？」

「は？」

「本気なんだな、菜々花ちゃんのこと。よし、今度家に連れてこいよ。それで、途中で入れ替わってみない？　楽しいだろ絶対」

「いや、楽しくねぇよ」

菜々花がお前と俺を勘ちがいしたことが原因ですれちがってたのに、そんなことするわけないだろ。

あきれている俺とは対照的に、蒼斗は笑っていた。

蒼斗と俺は、昔からよくまちがえられた。

それくらい見た目は似ているけれど、性格は結構違うなと俺は感じている。

蒼斗は器用で楽観的。

それに対して俺は、不器用な性格だと思う。

一緒にいて楽しいのは、蒼斗みたいなヤツなのかもしれない。

なんて、考えても性格はすぐには変わらないから、もういいんだ。

俺の大切な人の気持ちが俺に向いていれば、それでいい。

これ以上ここにいると、ずっと菜々花の話をされそうな気がして、お茶を飲み干した俺は、コップを片づけてリビングへ向かう。

「俺、今日午後からバイトだから」

「おう。俺は遊びにいくから」

蒼斗はテレビへ顔を向けた。

その様子をちらっと見たあと、俺は二階の自分の部屋に行った。

まん中にある四角いガラステーブルの上に置いてあるスマホを手に取り、クッションに椅子に座る。

そして、画面を操作して文字を打った。

相手はもちろん、菜々花だ。日常のちょっとした報告のやりとりをする。

『今日は家で数学の課題をやるの』という菜々花からのメッセージに『俺は午後からバイト』と打った。

そして支度をしているうちに両親が帰ってきて、早めに昼メシを食べたあと、家を出た。

菜々花からは『バイトがんばってね』というメッセージが届いていて、『おう』と返信する。

道を歩いている間、肌寒《はだざむ》い風が吹くたびに肩をすぼめた。

どんどん寒くなっていくな。

ただでさえ朝弱いのに、起きるのが辛くなりそうだと思った。

バイト先の駅前のラーメン屋は、家から徒歩で十分くらい。

俺が着いた時、お昼時の店内は満員だった。

「絢斗、早く着替えてフロア入って。今日マジ忙しい」

バイト先の先輩で三つ上の大学生、宮下《みやした》さんが、ラーメンをカウンター席のお客さんに運んだあと、急いでくれといった感じで俺に声をかけた。

そりゃ日曜だから混むよな。

俺は息をついてから裏でお店のTシャツに着替えて、すぐにフロアに入った。

そこから二時間くらい、注文と会計、片づけなどを繰り返してようやく立ち止まる時間ができた。

ピークの時は二十人近くいたお客さんも、今は三人だ。

厨房《ちゅうぼう》の店長や社員さんたちもほっとした様子で、俺もフロアからは見えない店内の隅に立って、背筋の力を抜く。

忙しいのは大変だけど、ヒマだと時間が過ぎるのが遅いんだよな。

夜の閉店までそのまま通しで営業している店だから、この十五時から十七時の時間帯はお客さんが少ない。

俺は各席の調味料や割り箸、水などの補充《ほじゅう》に回り、ヒマなので再び隅へ寄って立っていると、宮下さんが隣にやってきた。

宮下さんは結構チャラそうな雰囲気の人だ。この前、バイト終わりに宮下さんよりも年上っぽい、車に乗った女の人が迎えにきていた。

休憩中に電話で女の子と話していたりもする。

「あー、さっきの混みマジ疲れた。早く上がりてー。つうか、絢斗って彼女いんの？」

「……なんすか急に」

「俺の女友達が男探してて。かっこいい人紹介してって頼まれたんだけど、みんな彼女いて無理で。じゃあ絢斗でいいかなって。結構かわいいよ？　高校一年のお前からしたら、三歳年上のお姉さんとか最高だろ？」

「無理です。俺彼女いるから」

「なんだよ、いんのか」

宮下さんはつまらなそうに言ったあと、ニヤリとした。

「彼女どんな子？　かわいい？」

「かわいいですけど」

俺は宮下さんをチラリと見てからそう言った。

俺の彼女がかわいいかを聞いてどうすんの、と思う。

それと、からかい交じりの視線は困るからやめてほしい。

「付き合ってどれくらい？」

「……もうすぐ二ヶ月です」

別れていた期間もカウントしていいよな？

答えた俺に、宮下さんはおもしろがるような表情になった。

「へえ。まだ付き合って長くはないんだな。じゃあ不満とかねえか」

「ありませんね」

「でもさ、もっとかわいい女子が現れたらどうする？」

「べつに、どうもしませんよ」

まったく迷わず答えた俺に、宮下さんはふっと笑った。

「本当？　めちゃくちゃかわいいんだよ？　遊びたくならない？」

「なりません」

意味のない質問ばかりしないでほしい。

菜々花がいるのに他の女と遊ぶとかありえない。

もし俺がそんなことをしたら、菜々花が悲しむだろ。

一度別れようと言って、ひどいことも言って突き放した俺を、菜々花は想ってくれていたんだ。

好きって言ってくれた。

だから、大切にしたいって思う。俺も菜々花のことが好きだから。

「絢斗、見た目と違って一途《いちず》だな」

「宮下さんが不純《ふじゅん》すぎなんですよ」

「俺はかわいい女の子に優しくしたいだけ」

ちゃらけた笑いを浮かべる宮下さんを見て、俺は心の中であきれていた。

それからしばらく、レジ打ちやテーブルのあと片づけをやっていた。

店がヒマだと時間が進まないなと、時計を確認してため息をついた時、店のドアが開いた。

お客さんだ。

入り口の方を見て『いらっしゃいませ』と声を出そうとしたけど……。

「いらっしゃ……」

言葉は途切れて、そのまま俺は固まった。

背を向けている厨房から「いらっしゃいませ！」と、はきはきした声が通る。

俺は入り口に立っている人物を見つめたまま、動けなくなってしまった。

そこには菜々花が立っている。

俺を見つけた菜々花はもじもじとうつむいて、再び顔を上げて恥ずかしそうに小さな笑みを浮かべた。

菜々花？　菜々花だよな？

「……どうしたんだ？」

俺は店員という立場を忘れて、突然現れた菜々花のそばに寄ると、驚きを隠せずにたずねた。

「え、えっと、絢斗くん今日バイトだって言ってたから……。前から食べにいきたいなって思ってて、課題も終わったしこの時間空いてるって絢斗くん話していたから、来てみたの。でも、ひとりでラーメン屋さんに入ったことなくて、緊張しながら入ってみました……」

菜々花は照れているような表情でそう言うと、俺の様子を気にしてかうつむいて、控えめにこちらを見てくる。

マジでかわいすぎるだろ。

俺は店内を見回しながら、平静になろうとする。

「そっか。テーブル席とカウンター、どっちがいい？」

「あ……ひとりだし、カウンターで」

「空いてるからテーブルでもいいけど」

「うぅん、カウンターで。広いテーブルにひとりっていうの、そわそわしちゃうから」


　菜々花は頬を赤らめて笑った。

　その表情に俺の方も照れてしまい、少しだけ視線をそらした。

　菜々花をカウンターに案内して俺がお冷《ひや》を用意していると、そばに来た宮下さんがからかうような声で話しかけてきた。

「もしかしてあの子が絢斗の彼女？」

「……そうですけど」

「へぇ。たしかにかわいいな」

　宮下さんが口もとをゆるめながら菜々花を見ているから、なんだかとてつもなくもやっとした。

「ひとりで店ん中入って不安そう。あぁいう顔に男って弱いよなぁ。守ってあげたくなるってやつ？」

「いい加減にしてくださいよ」

「うん？」

た。
じろりと宮下さんに視線を向けると、一瞬きょとんとされたあと、くすくす笑われ
「見すぎです」

「絢斗、男ならもっと余裕もてよ？」

肩をたたかれながらそう言われて、俺はムッとしてしまう。

なんなんだよ、まったく。

宮下さんから離れた俺は、菜々花のもとにお冷を持っていった。

「ご注文は？」

「あ、えっと、じゃあ塩ラーメンをひとつ」

微笑みながらそう言った菜々花に俺はうなずいて、注文を調理場に伝えた。

声を張って言うのは、結構照れる。振り返って菜々花を見たら頬をゆるめていたか
らなおさらだ。

なんだよ、って思っていたら菜々花はニコニコしながら見つめてきて、なんだかも
う、困るくらい恥ずかしい。

たまらず視線をそらした時、店のドアが開いて数人の話し声が店内に響いた。

お客さんだ、と顔を向けた俺は『げっ』と心の中で声を上げる。

店に入ってきたのは三人組の男子。どうしてこのタイミングで——。

「おう、絢斗！　ラーメン食いにきた！」

現れた敦瑠を見た俺は、せっかく菜々花が来てくれたのに騒がしくされる、と不満に思った。

そんな俺を見て「ん？」と首をかしげた敦瑠は、その視線を店の中のカウンターに移すと、あっという顔をした。

「菜々花ちゃん⁉」

「えっ、敦瑠くん？」

驚いている菜々花のもとへ、敦瑠は歩いていく。

そのうしろに、敦瑠の地元の友達ふたりもついていった。

「ひとり？」

「う、うん。絢斗くんがバイトしているお店に行ってみたいなって前から思っていて、来てみたの。ひとりでラーメン食べるなんて初めてだから、緊張してて……」

「そうだったのかー。あ、こいつら地元の友達。沙耶とも仲いいんだ」

敦瑠はうしろにいる友達を菜々花に紹介している。

その中のひとりが菜々花に話しかけた。

「沙耶と仲いいの？」

「うん、同じクラスでいつも一緒」

菜々花は微笑んでいて、敦瑠の友達たちもやたらと笑顔だ。

俺の彼女にあまり話しかけるなよ。

そんなことを思いながら、俺は敦瑠たちのそばに寄った。

「敦瑠、早く座って」

「おー。そうだ、菜々花ちゃんも一緒にテーブルで……」

「菜々花はこっちでいい」

思わず冷たい言い方になってしまい、はっとしたような顔をした敦瑠は素早くテーブル席に座った。

それを見届けた俺が厨房に戻ろうとすると、菜々花と目が合って……菜々花は俺を不安そうな顔で見てきた。やばい。今の態度、気にしているかも。

俺は菜々花のそばまで行き、軽く頭をぽんっと触って厨房へ向かった。

もやもやするのは、菜々花が悪いわけじゃない。

俺が勝手に嫉妬しているんだ。

わかっているんだけど、菜々花のことになると、どうしても自分の感情をコントロールできない。

さっき敦瑠は、菜々花がひとりで心細そうだったから、一緒に、と声をかけたんだろう。

でも敦瑠のうしろにいる男子が菜々花に話しかけるのが嫌だった。

はあ、俺ってマジで最低。いつからこんなに余裕がなくなったんだ？

敦瑠たちのテーブルにお冷を持っていった宮下さんが帰ってきて、俺を見て唇の端を上げた。

「だからさ、余裕ねえと嫌われるぞ？」

おもしろがるような目を向けながらそう言われたけど、俺は顔をしかめるだけでなにも言い返せない。

こんなことでいちいち不機嫌になっていることを菜々花が知ったら、あきれるかも。

そんなことを考えて気分がさがっていると、菜々花の注文した塩ラーメンが出来上がった。

トッピングのコーンをこっそり多めに入れて、俺はそれを菜々花の座るカウンターへ運ぶ。

「お待たせしました。塩ラーメンです」

店員として対応すると、菜々花は笑顔を向けた。

「ありがとう、絢斗くん」

さっきは不安な顔をしていた菜々花だけど、今は俺を見てほんのりと頬を赤くしている。

そういう顔をする菜々花が本当にかわいくて、俺は口もとがゆるむのを抑《おさ》えるのに必死だった。

「……伝票、ここに置いておく」

一応菜々花はお客さんなのに、俺は素っ気ない言い方をしてしまった。

しっかりしろよ俺。

自分にあきれながらカウンターを離れようとしたとき。

「あ、あの、絢斗くん」

「うん？」

俺は動きを止めて菜々花を見る。

彼女は俺をちらっと見て、ためらうようにたずねてきた。

「何時に終わるの？」

「五時だよ」

「じゃあ、あの、待っててていい？」

思いきって聞いた、というような菜々花に俺は一瞬ぼんやりとしたが、すぐに胸の鼓動が速くなっていく。

店の時計に視線を向けると、時刻は四時半。

「いいよ」

平然と答えたけど、胸の高鳴りはそのままだ。

菜々花はぱあっと顔を明るくして、嬉しそうな表情をする。

こういうところがかわいすぎて困る。

「麺《めん》伸びるから早く食えよ」

「うん！」

割り箸をとった菜々花を見てから、俺はカウンターを離れた。

あー、やばい、頬の筋肉が言うことときかねえ。

俺は右手で口もとを押さえながら店内の隅へと寄った。

そこには宮下さんが先にいて、ニヤニヤしながら俺を見てくる。

「お前本当、彼女のこと大好きなんだな」

「……そうですよ」

悪いですか、という態度で答えると、宮下さんは笑いながら俺の肩を軽くたたいた。

ばつが悪い感じがして、それからの三十分間は時計ばかりを気にしていた――。

「お疲れ様でした！」

次のシフトの人たちが店内に入って接客する準備が整うと、俺は急いで帰り支度を始めた。

最後までからかうようなことを言ってきた宮下さんも上がりで、俺より先に帰っていった。

すぐに着替えた俺は店の外に出る。暗い夕方の空気は昼間よりも冷たい。

菜々花から駅前のコンビニで待っているとメッセージが来ていたので、俺はそこへ早足で向かった。

三分くらいで着いたコンビニ。

外に立っている菜々花を見つけたけれど、ひとりではなかった。

そばにいたのは敦瑠たちで、四人で楽しそうに話している。

またあの感情がわきあがってきそうだった。

俺は歩くスピードをゆっくりにして、菜々花たちに近づいていく。

「あっ、絢斗くん。お疲れ様！」

「うん」

俺に気づいて満面の笑みを浮かべる菜々花に、余計な感情は抑え込んで返事をし、隣に立った。

「絢斗お疲れ。菜々花ちゃんひとりだったからさ、暗いし一緒にいたんだ」

さっき機嫌を悪くした俺を気にしてか、敦瑠は一緒にいた理由を説明するようにそう言った。

わかっている。だからこそ、そういうふうに言わせてしまったことを情けなく思う。

友達にまで気を遣わせて、本当になにをやっているんだ。

きまりの悪さを感じながら、俺は敦瑠にうなずいた。

敦瑠はほっとしたような顔をしたあと、友達に「帰ろうぜ」と声をかける。

「じゃあな、絢斗」

「おう、ありがとな」

そう言った俺に敦瑠は笑顔を向けてくれた。

「敦瑠くん、ありがとう。ばいばい！」

菜々花は敦瑠に手を振って、敦瑠も笑顔で振り返していた。

背中を向けた敦瑠を見送ったあと、隣を見ると、菜々花はコンビニの袋から小さなペットボトルのミルクティーを取り出した。

「あのね、絢斗くんそろそろ来るかなって思って、さっき飲み物買っておいたよ。まだ冷めてないと思う」

菜々花はほんのりと頬を染めながら、俺にミルクティーを差し出した。

「ありがとう」

受け取ったミルクティーはしっかりと温かい。

彼女の気遣いが嬉しくて、俺は微笑んだ。

すると菜々花も微笑んでくれて、すごくほっとした。

「バイト疲れた？」

「いや、今日は疲れてない」

いつもは終わったあと、帰るのだりーとか思っているけど、今日は菜々花がいるから全然そんなことを感じなかった。

菜々花がくれたミルクティーを飲んでひと息つく。

そんな俺の横顔を見ている菜々花に気づいて視線を向けると、彼女はニコリと微笑んだ。

「ラーメンおいしかった。コーンいっぱい入ってたし、ありがとう」

「どういたしまして」

「働いてる絢斗くん……かっこよかったよ」

自分から言ったのに恥ずかしくなったのか、うつむいた菜々花を見ている俺もちょっと恥ずかしくなってくる。

「……べつに、普通にラーメン運んだりしてるだけだろ」

「ううん。学校とは違う絢斗くんだったよ」

俺の頬が少し熱くなる。

菜々花はうつむいてるから、そんな俺に気づかないようで助かった。

「変わらねえよ。同じ」

照れを隠して、再びミルクティーを飲んでいると、顔を上げた菜々花は俺を見て、温かいペットボトルのお茶を飲んだ。

「バイトしてる絢斗くんを見ることができて、おいしいラーメンも食べられてよかった。でもまさか敦瑠くんと会うとは思わなかったよ。よく来てるの？」

「うん、たまに食いにくる」

「そうなんだ。あ、そういえばさっき絢斗くんと一緒に働いている人と話したよ。えっと、なんだっけ、宮下さん……？って言っていたような」

ちょっと待った。

宮下さん、勝手に菜々花に話しかけてんじゃねーよ。

あの軽い感じで菜々花としゃべったのか。

「なんか言ってた？」

「え、えっと、ちょっと話しただけ。絢斗くんと仲よくしてるんだって向こうは言ってて……」

もやもやして眉に力が入ってしまった俺を、菜々花は不安そうな表情で見てきた。

はっとした俺は、視線をそらす。

不機嫌なのを悟られて、菜々花にまたそんな顔をさせてしまっている。

このままだと、嫌な思いをさせるかもしれない。

た。

「……帰ろう」

沈黙が続いて気まずさを感じ、焦った俺が、やっとのことで発した言葉がそれだった。

もう少し優しく言えたはずなのに。せっかく菜々花が待っていてくれたのだから、まだ一緒にいたいってことも伝えたかった。

なにもうまくいかなくて、俺は軽くため息をついて足を動かす。

菜々花がうしろをついてきている気配がしていたから、そのまま歩き続けて歩道に出た。

こんなことで嫉妬とか俺、マジでかっこ悪い。

情けない自分に腹が立ちそうだ。

「絢斗くん、あの、宮下さんっていう人と仲悪いの？」

「は？」

もやもやした気持ちを消すのに必死だった俺は、うしろから聞こえた声に振り返った時、思わずきつい声を出してしまった。

すると、菜々花は顔をこわばらせる。

「あ……悪い」

焦った俺は、立ち止まってうつむく。

菜々花にこんな態度をとってしまうなんて、最低だ。

せっかく菜々花がラーメン食いにきてくれて、こうして一緒にいられる時間ができたのに。

自分の余裕のなさにあきれて顔を上げられない。

「……絢斗くん、どうして不機嫌なの？　私なにかした？　今日、食べにこないほうがよかった？」

「違う……、本当、俺が悪い」

顔を下に向けたままそう言った俺の視界には、体の横で強く握る菜々花の拳。

「なにが悪いの？　それって、本当に私に関係ないの？　はっきり言ってほしいよ。理由がわからないのが一番嫌だ……不安になるよ」

震えている菜々花の声に、俺が慌てて顔を上げると彼女は泣きそうな表情で、だけどまっすぐ俺を見ていた。

菜々花はいつもまっすぐだ。

好きだと言ってくれた時も俺をしっかり見ていて、そんな菜々花の瞳にあの日、一瞬で惹かれたんだ。

「菜々花」

俺は菜々花の隣に立って、横から片腕で抱き寄せた。

本当は前から抱きしめたいけど、ここは道端《みちばた》だから歩いてくる人がいる。

さりげなく、そのまま歩道を進んだ。

「絢斗くん……」

困惑したような声で俺を呼んだ菜々花の頭をなでる。

ちゃんと、安心させたい。

「俺、菜々花のことすげー好き」

「っ……、私も、絢斗くんが大好きだよ」

「俺は菜々花が好きすぎて、菜々花が他の男としゃべってるともやもやする。でも、それは菜々花が悪いわけじゃない。俺が……余裕もてないのが悪いからで……」

本当は隠していたかった。

だけどこれ以上菜々花を不安にさせたくない。

顔を上げた菜々花が「え？」と俺を見るから、どうしようもなくいたたまれない気持ちになる。

こんなかっこ悪い自分、好きな女には知られたくないだろ。

「絢斗くん、それって……」

「嫉妬。だな」

俺はため息まじりにそう言った。

今度は俺が不安になる。

菜々花はこんな俺のこと、どう思うのだろう。

あきれられても仕方がないと思って覚悟していたけど、菜々花は安心したように頬をゆるめた。

「よかった」

ほっとしたような表情をする菜々花。意外な反応をされて、俺はじっと彼女を見つめた。

「私もね、前に絢斗くんと佐藤さんが話してるところを見て、ちょっと嫌だなって思っちゃったの。でも、もやもやしたりするのは絢斗くんもなんだなって。私だけじゃなくてよかった」

菜々花は恥ずかしそうに一度視線をそらして、再び俺を見た。

「だって、好きだからこそ、こういう気持ちになるんだよね?」

——ああ、もう、やばい。

頬を赤く染めて、嬉しそうにする菜々花がかわいくて。

思わず、抱いている腕に力が入る。

いいや。嫉妬したこととかもうどうでもいい。

そんなことよりも、こうして照れながら俺を見つめてくれるかわいい菜々花のことを考えていたい。

俺のそばにいる菜々花が一番かわいい。

そうであってほしい。

つうか、そうさせる。

「もういいや。妬《や》いたってどうしたって、俺はとにかく菜々花が好きだし、菜々花とこうしていられるのは俺なんだし」

再び抱く腕に力を入れたら、菜々花はふんわりと笑った。

「……私ね、嫉妬したあとすぐ自己解決できるの」

照れているような表情の菜々花は、俺の背中をとんとんっと軽くたたいた。

「絢斗くんは私を見つけたらすぐそばに来て、私のことだけ見てくれるから、私は他の子とは違う特別だって」

そう言った菜々花は、やはり恥ずかしいのか俺の胸に顔を隠した。

ああ、本当に好きだなって思う。

「そうだな。俺も菜々花はマジで特別だよ」

ふたりとも、考えてることはあまり変わらないんだな。

付き合っているから、特別だから、独占《どくせん》できるものがある。

それがあれば、嫉妬の気持ちなんて本当、どうでもいいこと。

少しずつ俺も、余裕をもてるようになってくるだろう。

たぶん、だけどな。

「菜々花」

名前を呼んだら菜々花が顔を上げたので、俺はそっと唇にキスをした。

「っ……!?」

驚いた菜々花は俺から離れて、周りを確認するように見た。

大丈夫。人とすれちがわない時をちゃんと狙った。

「だ、だ、誰か見たかも！」

「見てねーよ」

「っ……、もう、絢斗くん……」

恥ずかしそうにする菜々花は、俺の手を握ってきた。

それがかわいくてたまらなくて、その手を握り返す。

「菜々花、家まで送ってく。だからもう少し、一緒にいよう」

「うんっ」

嬉しそうにうなずいてくれた菜々花を、これからも幸せな笑顔でいっぱいにしたいと思った——。

クリスマス

外の空気が頬を刺すように冷たい。

吐く息も白くなって、冬という季節を実感する。

学校では、期末テストも終わってみんなほっとしていた。

絢斗くんと付き合ってもうすぐ三ヵ月になる。

別れていた一週間があったけれど、そこからもっと仲が深まったかな、と私は感じていた。

絢斗くんのバイト先のラーメン屋さんに行ってラーメンを食べて、働く絢斗くんを見たり、学校帰りのファミレスやファストフード店で一緒に勉強をしたり、図書館にも行ってみた。

だけど図書館は『静かすぎる……！』と、三十分くらいで出てきて、おしゃべりできるところがいいね、とふたりで笑った。

それから、絢斗くんのバイトがない休日に遊園地にも行った。

混んでいたけど、アトラクションを待っている時間に苦はなくて、楽しかった。

笑ったり、はしゃいだり、いろいろな絢斗くんの表情に私は毎日ときめいている。

「菜々花ー！」

最近の出来事を思い出しながら昇降口へ入った時、元気な声で呼ばれて顔を上げた。

そばにやってきたのは沙耶。

明るい笑顔で「おはよう！」と言ってきた沙耶に、私も挨拶を返した。

そして下駄箱に靴をしまい、上履きに履き替えて廊下を歩く。

「ひゃあー、寒い！　早く暖かい教室に入りたい！」

「だけど暖房きいてると乾燥《かんそう》するよね」

「たしかに。加湿器《かしつき》いっぱい欲しい」

沙耶はそう言って笑ったあと、私の顔を覗くように見てきた。

「そんなことより、もうすぐクリスマスじゃん？　菜々花は梶本くんとどういうふうに過ごすの？」

私の心臓がドキン、と跳ねた。

十一月の中旬くらいからずっと意識していたもの。

クリスマス。

絢斗くんが初めての彼氏だし、クリスマスってどうしたらいいのかなって、ちょっと悩んでいた。

もちろん、絢斗くんの予定が空いているなら一緒に過ごしたい。

「クリスマスって、みんななにしてるのかな？」

「えー、イルミネーション見にいったり、プレゼントあげたり……」

「沙耶はクリスマスを彼氏と過ごしたことある？」

「えっ……いや、ははは……ないです」

沙耶は視線をそらして苦笑いをする。

でも、沙耶の挙《あ》げたイルミネーションという案はいいなって思った。

付き合っている人たちはそういうところに行って、プレゼントを渡すというイメージがなんとなくあった。

プレゼント……。

クリスマスといったらやっぱり、プレゼントだよね。

「男の子って、どんなものをもらったら嬉しいかな？」

「プレゼントの話？　そりゃあ、なんでも嬉しいでしょ！」

「沙耶は好きな人にクリスマスプレゼントあげたことある？」

「えっと……うん、ない」

沙耶は再び視線をそらしてしまった。

私は唸《うな》りながら、たどりついた教室へと入っていく。

机に荷物を置いて座ると、沙耶がすぐにやってきた。

「本当にプレゼントってなんでも嬉しいはず！　とくに梶本くんは、菜々花からのものならすごく喜ぶと思うよ！」

沙耶はにっこりしながらそう言った。

私はなんだか照れて、唇を結んでニヤけてしまうのを我慢する。

「どんなものが欲しいかさりげなく聞いてみるっていうのもいいかもね。さりげなくよ？　さりげなーく！」

沙耶の言葉に私はふむふむとうなずいた。


そんなふうにクリスマスのことを考えていたら、日増しにドキドキしてきた。

どうやって一緒に過ごそうって誘おうかな、プレゼントはなにをあげたらいいかな、など考えれば考えるほど、期待と不安が大きくなっていく。

とにかくまずは、当日一緒に過ごそうって言わないとなにも始まらない。

プレゼントは、買いにいくのを沙耶に付き合ってもらおう。

いろいろ考えがまとまったのは、終業式の前の日だった。


「菜々花、帰るぞ」

「う、うん！」

放課後になり、絢斗くんが私の教室にやってきて、ドアにもたれる。

今日一緒に帰ろうって、約束をしていた。

私は慌てて立ち上がり、絢斗くんのもとへ駆け寄る。

絢斗くんは私がそばに来たのを見ると微笑み、ドアから体を離して歩きだした。

私はそれについていく。

歩きながら絢斗くんの横顔をチラリと見て、そわそわしていた。

クリスマス、誘わないと。

ここ数日、絢斗くんからクリスマスの話をされるかなってちょっと期待していたけど、そんな感じの話はまったくなかった。

もしかしたらバイトが入っているのかもしれない。

そういうことも確認したいので、とにかく私からクリスマスの予定を聞いてみる！

私はドキドキしながら廊下を歩いていた。

昇降口で靴に履き替えて、落ち着かない気持ちで外に出る。

「さ、寒いね」

「ああ。冬って感じだよな」

話をするタイミングをつかもうとするけど、だんだんと会話が少なくなってしまった。

どうしよう……。

校門を出て絢斗くんの様子を見て、足もとに視線を移す。

いつ話そう、今かな──。

「あのさ、」

「あのね、」

私が意を決して話を切り出そうとした時、絢斗くんも同じように私に声をかけた。

視線を合わせ、数秒後におたがい目をぱちぱちとさせる。

「……どうした？」

「い、いや、絢斗くんこそどうしたの⁉」

「菜々花から言えよ」

「ううん、絢斗くんからどうぞ！」

焦りながら私がそう言うと、絢斗くんは首のうしろに手をやって視線を落とした。

「あー……あのさ、十二月二十五日って空《あ》いてる？」

ドキッとして、固まってしまった。

すぐに反応できず妙な間を作ってしまい、絢斗くんが不安そうにちらっとこちらを見た。

はっとした私は、急いで首を縦に振る。

「うん、うん、空いてる！」

「よかった。じゃあ、出かけよう。ほら、クリスマスだし。二十四日はバイト入っちゃったけど、二十五日は休みとれたから」

そう言った絢斗くんは口もとをほころばせた。

ドキドキして、頬が熱くなってくる。

「わ、私もね、今日クリスマスのことを絢斗くんに話そうかなって思っていたの。バイトあるのかなって。一緒に……過ごしたいなって思ってたから」

「そっか」

絢斗くんは優しく微笑んだ。

嬉しい。絢斗くんからクリスマスの話を切り出してもらえて。

「絢斗くん、最近欲しいなって思っているものない？」

そうたずねてから沙耶の言葉を思い出した。

さりげなく！って言われていたのに、このタイミングではクリスマスプレゼントのことだって気づかれてしまうかも。

私が焦っていると、彼はふっと笑った。

「ある、欲しいもの」

そう言った絢斗くんに胸が高鳴りだす。

口もとをゆるめた絢斗くんの視線が、私の唇に移った。

さらに胸の鼓動が速くなって、なんだかとても恥ずかしくなってしまう。

赤くなった頬を両手で包んだ私は、肩をすくめた。

すると、絢斗くんがくくっと笑う。

頬を押さえたまま彼を見たら、意地悪そうな顔をしていた。

「菜々花。なに想像してんの？」

「っ……!?」

いたずらっぽく言われて、カアッと一気に全身が熱くなった。

ううっ、恥ずかしいよ。

「な、なにも想像なんてしてないからね……！」

「ふうん？」

動揺してしまい、全然説得力のない私に、絢斗くんは目を細めておもしろそうにしている。

私の反応を見て、絶対楽しんでるよ！

早く、話をそらさないと。

「に、二十五日はどこに行く？」

「どこにしようか」

絢斗くんは笑いをこらえているように感じる。

気恥ずかしさでいっぱいになりながらも、私は話を続けた。

「い、イルミネーションとか、行く?」

「それいいいな」

「ね! ……あ、でも私、あまり夜遅くまではいられないんだけど」

「じゃあ、ちょっと早めに会おう。メシ食ってゆっくりしてから最後にイルミネーションを見にいく」

「……うん!」

力いっぱいうなずいた私に、絢斗くんは微笑んだ。

「楽しみだね」

「そうだな」

決定したクリスマスのスケジュール。

初めて好きな人と過ごすクリスマスが待ち遠しくて仕方なかった——。


次の日。

この日は終業式だけなので、午前中で終わった。

「クリスマスの予定決まったんだ？」

「うん。絢斗くんとイルミネーションを見にいくの」

嬉しさを隠せない私は、教室で帰り支度を進めながら笑顔でそう言った。

すでに支度をすませている沙耶は、私の席の横でニヤニヤしている。

「それでね、今日は買い物に付き合ってほしくて。絢斗くんに渡すプレゼント、一緒に買いにいってほしいの」

「いいよー！　でも、先にお昼どこかで食べてからにしよう？」

「うん！　私もお腹すいた」

支度を終えた私が立ち上がって鞄を持つと、それを確認しながらドアに向かって歩きだした沙耶の背中に声をかける。

「なに食べる？」

「ファミレス行く？」

「そうだね」

会話をしながら教室を出ると、ちょうど絢斗くんと敦瑠くんも教室から廊下へ出てきたところだった。

絢斗くんと私は目を合わせて、おたがい微笑むとなんとなく近づいた。

「これからね、沙耶とお昼ご飯食べて、そのあと買い物に行くの。絢斗くんは敦瑠く

ん と遊ぶの？」

「ああ。昼メシ食ってから」

「そうなんだ」

私たちはなにか考えがあるようにじっと視線を合わせる。

もしかしたら、おたがい同じこと考えているかも……？

同時に振り返って、絢斗くんは敦瑠くん、私は沙耶を見る。

そうしたら敦瑠くんと沙耶は私たちのそばにやってきて、どうやら察してくれたらしく、笑ってうなずいた。

「どこでメシ食う？」

「私たちは駅前のファミレス」

「じゃあ、俺らもそこにすっか」

敦瑠くんと沙耶の会話が嬉しい。

「初めてだね、このメンバーで食べるの」と言った沙耶に、私は満面の笑みを浮かべた。

絢斗くんに視線を向けると、彼も微笑んでいる。

やっぱり、考えていることは同じだったみたい。

「四人でお昼ご飯食べられるね」

「ああ」

彼の優しいうなずきに、心が温かくなった。

絢斗くんと敦瑠くん、沙耶と私は四人で学校を出た。

先に絢斗くんと敦瑠くんが歩いていて、そのうしろに沙耶と私。

ちょっとした会話をしながら駅前のファミレスまで歩いた。

四人というのは今回が初めてで、このメンバーでご飯を食べることができたらいいなって思っていたけど、実際にお店の中へ入ってテーブル席に座り、向かいあったら少し緊張した。

目の前には絢斗くんが座っていて、その隣には敦瑠くん。

私の隣には沙耶がいるけど、普段は目の前に座って一緒に食べることが多いから少しだけお落ち着かない。

「なに食べようかなあ。菜々花は決まった？」

「えっ、あ、まだっ」

悩んでいる沙耶の横で、私はそわそわしながらメニューのページをめくっていた。

どうしよう。

いつも頼んでるサラダとパスタでいいかな。

「よしっ、私ハンバーグにする！」

「俺もハンバーグなんだけど」

「やだ敦瑠！　真似《まね》しないでよ！」

「真似してねーよ！」

相変わらず息の合う沙耶と敦瑠くんに笑ってから絢斗くんを見たら、ちょうど彼がメニューを閉じて顔を上げたところだった。

「決まった？」

「う、うん。和風パスタ」

「俺もそれ」

同じだね、とおたがいにっこりする。

店員さんを呼んで、ハンバーグのライスセットをふたつと、和風パスタにサラダのセットをふたつ、それからドリンクバーを四つ頼んだ。

「本当にさ、絢斗と菜々花ちゃん、戻ってよかったよなあ」

それぞれ飲み物を運んできて席に座ると、敦瑠くんがしみじみとそう言った。

敦瑠くんにも心配をかけてしまったよね。

「敦瑠くん、あの時は沙耶と一緒に話を聞いてくれてありがとう」

「いやいや！　俺はただ、ふたりになにがあったんだろうって、絢斗の友達として気になっていただけで、たいしたこともできなかったし」

　お礼を言った私にそう答えて控えめに笑った敦瑠くんは、隣にいる絢斗くんをじろりと見る。

「だってさ、絢斗は別れている間なんだかずっと不機嫌っぽくて」

「……そうだった？」

「そうだよ！　俺、かなり気を遣ってたんだからな」

「悪い、悪い」

　むすっとしている敦瑠くんに、絢斗くんは苦笑しながら謝った。

「別れたくないのに別れたから、俺のなかで全然納得できていなかったんだ。ずっともやもやしてた」

　申し訳なさそうにしながらそう言って、私に視線を向けた絢斗くんに、別れていた時の気持ちを思い出して少し切なくなった。

「沙耶と敦瑠くんにはご心配をおかけしました……」

　ふたりにはたくさん迷惑かけたよね、と反省していると、敦瑠くんも沙耶も「大丈夫！」と笑ってくれた。

「今は別れていたのが嘘みたいに、とっても順調だよね」

「うん……」

沙耶がからかうような表情をしているから、私は恥ずかしくなって一度視線をそらした。

「菜々花と梶本くんを見ていると、私も彼氏欲しいなって思うんだよね」

「ははは。無理、無理」

「うるさいな、決めつけないでよっ。敦瑠こそ、彼女なんて一生できないから！」

「はあ？ 俺はな、沙耶が知らないだけで結構……」

「モテてないから」

沙耶は敦瑠くんにびしっと断言する。

そうかな？ 敦瑠くん、結構女子から人気あると思うけど。

言い返すことができないらしい敦瑠くんが、悔しそうにしながら絢斗くんに顔を向けた。

「いいよなー、絢斗と菜々花ちゃんはクリスマスどこか行くんだろ？」

「ああ。イルミネーション見にいく」

「おお！ いいじゃん！ ったく、お前、予定があってうらやましいぞ」

答えた絢斗くんの腕を、敦瑠くんは泣く真似をしながら軽く拳で押している。

絢斗くんの表情はやわらかで、なんだか私まで照れてきた。

「マジうらやましい。俺らにこのふたりはまぶしいな」

「本当。私、寒すぎる冬なんだけど」

わざとらしく口を尖らせてこちらに視線を送る沙耶と敦瑠くん。

からかうような雰囲気に、私は焦ってしまった。

話をそらしたいなと思うけど適当な話題が浮かばず、ふたりにクリスマスのことを指摘されるたび、恥ずかしさが増していく。

頬もかなり熱くなってきていて、視線が気になっていた。

もう、耐えられない……！

「じゃ、じゃあさ、沙耶と敦瑠くんも二十五日一緒に行く？」

「なに言ってんのよ菜々花ー！　行かないよ、うちら邪魔でしょ」

「邪魔じゃないよ、行こうよ！」

笑いながら首を振る沙耶に、私は間を空けず言葉を発した。

これ以上『いいなぁ』と言われないように、私はふたりを誘っている。

沙耶は「でも……」と、困惑しながら敦瑠くんを見た。

敦瑠くんも困ったような顔をしている。

「俺たちはいいよ。せっかくのクリスマスなんだからさ」

「ううん、沙耶と敦瑠くんがいたら楽しいよ。みんなで行こう！　ねっ？」

そう言った私は、ふたりを誘う中でこの時初めて絢斗くんの方に顔を向けた。

私を見ている絢斗くんの表情がなんとなく曇《くも》っているような気がして――あっ、と気づいた時には視線をそらされてしまった。

「いいじゃん。ふたりも一緒に行こう」

絢斗くんは沙耶と敦瑠くんに向かってそう言った。

それを聞いたふたりは「うーん……」と言いながら困ったように笑って顔を見合わせていた。

先ほどの表情が気になってしまうけど、すでに絢斗くんはなんともない様子だ。

……なんだろう、胸に引っかかるなにかがあるような気がして……私は唇を結んで視線を落とした――。


それから注文したメニューが運ばれてきて、食べはじめる時にはいつの間にか話題は変わっていた。

ファミレスには二時間ほどいて、買い物をする私と沙耶は、絢斗くんと敦瑠くんとお店の前で別れた。

絢斗くんは笑って『じゃあな』と言ったから、私も微笑んで『ばいばい』と返していた。

「ねえ。クリスマス、本当にふたりきりじゃなくていいの？」

しばらく歩いて改札へ入った時、沙耶が眉尻をさげながら聞いてきた。

「いいよ。みんなでイルミネーション見にいこうよ」

明るく答えたけど、本当にいいのかなって私も思いはじめていた。

でも『やっぱりふたりで行く』なんて、敦瑠くんも誘ってしまったし今さら言いづらい。

本音を話せないまま笑う私を、沙耶は困ったような顔をして見ていた。

「……それよりも、絢斗くんへのプレゼントなにがいいかな？」

「ああ……うん、なにがいいんだろうね」

ずっと気にかけてくれている沙耶に申し訳ないと思いつつ、プレゼントの話題に切り替えた。

とりあえず、電車に乗ってショッピングセンターがある駅で降り、雑貨《ざっか》屋さんなどを見てまわる。

日常的に使えるものがいいかなと考えていたら、セレクトショップで手袋とマフラーを見つけた。

「絢斗くん、マフラーしてるんだよね」

「あ、紺色のやつ？」

「うん。だから手袋かな……」

私が手に取ったのは、絢斗くんがしているマフラーと同じ、紺色の手袋。

「いいじゃん。生地がしっかりしてて、デザインもシンプルだから毎年使えそう」

「でも、絢斗くん手袋とかするかな？」

「もらえば嬉しくて毎日つけちゃうよ」

そう言ってくれた沙耶に笑った私は、手袋をレジへ持っていく。

プレゼント用の包装をしてもらい、クリスマスのプレゼントだとひと目でわかるものになった。

それを見た私はドキドキして、早く絢斗くんに渡したいなって思った――。


二十五日の天気は晴れだった。

冷たい空気の中にほんのりと暖かい日が差して、雨が降ったりするような心配はなさそうだ。

午後、白のニットと赤いチェックのスカート、それからベージュのコートを着て茶色のブーツを履き、家を出た。

鞄の中には絢斗くんへのプレゼントが入っている。

渡すタイミングを考えながら、駅に向かう私の心は躍《おど》っていた。

絢斗くんとは電車の中で合流することになっている。

駅に着いて改札を通り、ホームに降りてやってきた電車の三両目に乗り込んだ。

そしてすぐに絢斗くんの姿を見つける。

黒のダウンジャケットを着ている絢斗くんは座席に座っていて、乗り込んできた私に気づくと、笑って手招きをした。

そばまで寄ると、絢斗くんの腕が伸びてきて、私の手を握る。

ドキッとして、体に力が入った。彼の手は温かい。

「冷てぇ……」

困ったように小さな声で言った絢斗くんは私の手を軽く引っぱり、隣に座るよう促したので、そのまま腰をおろした。

「外寒いよな」

「うん。袖《そで》から手を出さないようにしていたけど、すぐ冷たくなっちゃった」

そう言ったらしっかりと手を握り直されて、絢斗くんの体温にますます胸が鳴ってしまった。

こういう瞬間に、絢斗くんのことが大好きだってあらためて思うの。

「絢斗くん、温かいね」

「そうだろ」

ときめく想いでいっぱいになりながら、私は笑った。

「うん、ありがとう」

十分ほど電車に乗り、降りて改札を出ると正面の柱に沙耶と敦瑠くんが立っていた。

気づいた沙耶が手を振ってくれて、隣にいた敦瑠くんも顔を上げてこちらを見ると微笑んだ。

私は手を振り返して、絢斗くんと一緒にふたりのもとまで歩く。

グレーのコートを着ている今日の沙耶は、なんだか普段よりも大人びて、落ち着いた感じに見えた。

紺色のジャケットで決めた敦瑠くんも、大人っぽく見える。

ちょっとダブルデートみたい、なんて思ったけれど、そんなことを言ったら沙耶が怒りそうだからやめておいた。

「とりあえずメシ?　腹減ったよな」

お腹を押さえながらそう言った敦瑠くんに、そうだね、と私たちは賛成する。

なにを食べようかな。

「あのね、駅前においしいパスタ屋さんがあるんだよー！」

「本当?　行ってみたい！」

沙耶の話を聞いた私は、すぐにそう答える。

「絢斗くんと敦瑠くんは？　パスタ屋さんでいいかな？」

私がたずねると、絢斗くんと敦瑠くんは賛同してくれて、沙耶イチオシのお店でご飯を食べることになった。

沙耶と敦瑠くんがにぎやかにしゃべりながら歩くうしろを、絢斗くんと私はついていく。

仲のいいふたりをうしろから見ていたけど、そっとうつむくようにして絢斗くんの手に視線を移した。

電車では私の手を握ってくれていたけど、今は離れている。

沙耶たちがいるからだよね。

いつもならこういう時、絢斗くんは私の手を握っている。

仕方ないとは思うのだけど、ちょっとだけ、さみしい気持ちになってしまった。

沙耶のオススメのお店は、お昼時なので満席に近い状態だった。

内装は洋風のおしゃれなカフェのような感じで、私たちは一番奥の窓際のテーブル席に座った。

さっそくメニューを開いて、どれにしようか悩みだす。

「わあ、こんなにいろいろな味があると迷っちゃうな」

「菜々花ってパスタ好きだよね」

「うんっ、好き。とくに和風のやつが」

答えた私に沙耶はそうだよね、と笑った。

絢斗くんと敦瑠くんはあさりのクリームパスタ、沙耶は茄子《なす》と挽《ひ》き肉《にく》のトマトパスタ、私はきのこの和風パスタを注文した。

しばらくして運ばれてきたパスタは、沙耶の言ったとおりおいしくて、夢中で食べてしまった。

「ねっ、ここのお店いいでしょ？」

「うん！　おいしいし、値段もお財布に優しい」

「中学の友達が通う高校がこのあたりにあって、駅前においしいお店あるよって教えてくれたんだよね」

「そうなんだ」

絢斗くんたちも「うまい」と食べていた。

テストなどで学校が早く終わった日にまたみんなで食べにきたいな、なんて思う。

「ふうー。暗くなるまでどうする？　イルミネーション以外ノープランだよな？」

食べ終わってひと息ついたところで、敦瑠くんが沙耶と私を見ながら聞いてきた。

うーんと唸りながら考えていた沙耶が、ひらめいたように、こう提案した。

「クレープ食べにいく？」

「お前、よく食うな」

敦瑠くんがあきれた感じで返したので、沙耶がムッとした表情になった。

「じゃあ、駅ビルのお店を見て、それからクレープ食べる？」

私も甘いもの食べたいなって思っていたし。

沙耶を援護《えんご》するようにそう言った私は、絢斗くんに視線を向けた。

彼は私が甘いものが好きなのを知っているので「いいよ。そうしよう」と賛成してくれた。

やった、クレープ食べられる！

このあとの予定がざっくりと決まった私たちは、お店を出て駅ビルの中へ入った。

二階は主に洋服や靴のショップで、三階はキャラクターグッズなどの雑貨店、四階は生活用品や本屋さんになっている。

三階の雑貨店で文房具コーナーを見つけた私は、ウサギやライオンなどのかわいい動物のシャーペンを見ていた。

「かわいいな」

「っ……！」

急に背後から覗くようにして声をかけられたから、驚いて体がびくっと反応した。

振り向くと絢斗くんがいて、いたずらっぽい笑みを浮かべている。

「もう、びっくりしたよ！」

「悪い悪い」

謝っているけど、彼はどこかおもしろがっているように感じた。

私が少し口を尖らせて絢斗くんを見ていたら、彼は並んでいるシャーペンに視線を向ける。

「この中だとこれが一番いいな」

「絢斗くんはライオンがいいの？　ヒヨコとかウサギは？」

「俺に黄色いヒヨコのシャーペンとか合わねーだろ。このライオンのシャーペンなら、デザインは黒と茶だし」

「そっか。じゃあ私はピンクのウサギ……あっ、こげ茶と赤のクマのやつもかわいいなっ！　……そうだ、同じシリーズ一緒に買う？」

私が照れながら聞くと、絢斗くんはうなずく。

どちらにしようかしばらく迷って、私はピンクのウサギ、絢斗くんは一番いいと言っていたライオンに決めた。

ペンケースに入れて、毎日使おう。

「なに買ったのー？」

別のお店を回っていた沙耶が私たちのところにやってきて、私たちが持っていた小さい袋を見てたずねてきた。

「シャーペンを買ったの」

「もしかしておそろい？」

「えへへ、同じシリーズのやつをふたりで買ったんだ」

「そうなんだ！　……菜々花、ニヤニヤしてるー！」

頬がゆるんでしまった私を、沙耶はからかうように見てきて、恥ずかしいけど笑みがこぼれてしまう。


そのあとは、沙耶と化粧品《けしょうひん》を見たり、みんなで本屋さんに寄って漫画の話をした。

ひととおり駅ビル内のショップを見て外へ出ると、結構時間が経っていたようで、薄暗くなってきている。

冬なので日が沈むのは早い。

完全に暗くなってしまう前に、駅前のクレープ屋さんまで歩いて、クレープを買って四人で食べた。

「寒い中で食べるアイスって、冷たすぎるけど結構好き！」

沙耶はひとり、アイスの入ったキャラメルのクレープを頼んでいた。

絢斗くんと私はチョコバナナで、敦瑠くんはイチゴと生クリームだ。

「うう、寒い」

「そりゃ、こんな冬に外でアイス食ったら冷えるだろ」

食べ終えて震えている沙耶を、敦瑠くんはあきれたような顔で見ていた。

だけどすぐに、敦瑠くんの表情は『放っておけない』と言いたげなものに変わっていく。

「手も超冷たいー」

「……ったく、バカだな」

そう言った敦瑠くんは、沙耶の手を両手で包むように握った。

沙耶は驚いた顔をして手もとを見つめている。

「うわ、マジ冷てぇし」

「な、なにすんのよっ」

「本当に冷たいのか触ってみただけ」

「……手温かいね」

「まあな」

そう言って笑った敦瑠くん。

沙耶の頬が少し赤くなっているのは、気のせいだろうか。

そばで一部始終を見ていた私は、なんだか自分までくすぐったい気持ちになってしまった。

沙耶と敦瑠くん、やっぱりお似合いだなって思う。

ふと、反対側の隣に立っている絢斗くんの手を見つめた。

だって、無性に恋しくなってしまったから。

絢斗くんに手を握られたのは、彼と合流した電車の中だけで、それからは隣にいても手をつないでいない。

一緒にいるけれど、やっぱり物足りなさがあって、ふたりだったら遠慮《えんりょ》なく手を握ったり、腕にしがみついてみたり、そういうことができたのかなと考えてしまう。

沙耶と敦瑠くんがいなければ、なんて思っているわけじゃない。

四人でたくさんおしゃべりして、こうしてクレープを食べたりするのは楽しい。

だけど、絢斗くんへのもどかしさでいっぱいなの――。

おしゃべりをしていたら、すっかり日は沈んで暗くなった。

絢斗くんと私が前、うしろに敦瑠くんと沙耶が並んで歩きだし、通りへ出る。

木の枝に飾られたライトの光が点灯していて綺麗だった。

「この先にある公園の中央広場のイルミネーションが、すげぇ綺麗なんだってさ」

敦瑠くんが楽しそうに話していて、沙耶と私はそうなんだ、とライトを眺めていた。

「じゃあ、イルミネーション見て夕飯食べて帰ろう！」

「お前、また食べ物の話かよ」

クレープの時と同様、敦瑠くんがあきれたように言うと、沙耶がじろりと見て「いいでしょ！」と口を尖らせていた。

そして公園に到着し、中へ入ってみるとたくさん人がいた。

カップルが多く、それぞれなごやかな雰囲気で歩いている。

腕を組んでいるカップルを見て、私は絢斗くんの手を再び意識した。

手、つなぎたいな……。

微妙に空いているその距離がさみしい。

だけど沙耶と敦瑠くんがいるから、なかなか言い出せない。

視線を足もとに向けて、心の中で〝我慢するんだ〟と自分に言い聞かせた私は、再び顔を上げた。

広場の入り口にたどりついて、中へ入ると樅《もみ》の木やお星さま、ハートや雪の結晶《けっしょう》のオブジェがライトの光で飾られている。

「わあ、綺麗だね……！」

「ああ」

ドキドキしながら隣を見上げたら、絢斗くんもイルミネーションから私に視線を向けた。

そしておたがい微笑む。

空気は冷たくても、温かな気持ちでいっぱいになった。

「ねえ、本当に綺麗だね……って、あれ⁉　沙耶⁉」

うしろを振り返りながら話しかけたのに、そこに沙耶の姿はない。

どうして？　あれっ、敦瑠くんもいない。

絢斗くんも周りを見渡していた。

「どこに行ったんだ？」

「わ、わからない、はぐれちゃったのかな……」

でも、一緒に歩いていて見失ってしまうような人混みではない。

不安になってふたりの姿を探していると、鞄の中でスマホが震えたことに気がついた。

それは絢斗くんも一緒で、私たちはスマホを手に取って画面を開く。

メッセージの送り主は沙耶たちだった。

『敦瑠とふたりとかちょっと気乗りしないんだけど、私たち別行動するよー』

『沙耶、なんだよその言い方！』

『菜々花と梶本くんは、ふたりでイルミネーション見てね！　やっぱり、特別じゃん？　せっかくのクリスマス、ふたりで楽しむべき！』

『無視⁉』

『じゃあねー！　敦瑠うるさーい』

『は⁉』

沙耶と敦瑠くんのメッセージを見つめて、私は目をぱちぱちとする。

これは、気をきかしてくれたんだよね……。

「まったく、あのふたり……」

絢斗くんは顔をしかめていたけれど、すっと私に視線を向けて腕を伸ばし、私の手を握った。

ドキッとしていると、彼はため息をついてから言葉を発した。

「……なんか、敦瑠たちがいていつもと違うから、恥ずかしいって嫌がられたくなくて、触れたりすんの我慢してた」

そう言った絢斗くんの手を、私は握り返した。

「私ずっと、手をつなぎたいなって思っていたの。でもふたりきりじゃないからどうかなって、私も気にしちゃってて……」

つながれている手を見つめて、心が満たされていく。

「他に人がいるってことに慣れていないから、どういう感じでいればいいのかわからなかった」

「うん」

「菜々花がふたりを誘った時も、ちょっと困ったっていうか」

「ごめんなさい……」

「いや、敦瑠たちと一緒なのが嫌とかそういうわけじゃないから。みんなでメシ食ったり買い物したりクレープ食ったりしたの、すげー楽しかったし。ただ……菜々花との距離がもどかしかったっつーか」

絢斗くんの困ったような声を聞いて、気持ちがあふれだす。

「それ……私も思ってた」

同じことを。

絢斗くんとの触れるか触れないかの距離が、とてもはがゆくて。

「もっとくっつきたいなって、思ってたの」

本音を言ってしまったことが恥ずかしくて、目もとが熱くなってきた。

早く熱が引いてほしいと焦っていたら、手を軽く引っぱられて、体が絢斗くんにくっつく。

「俺もそう。もっとそばで話したり、菜々花の顔見たいなって」

ゆっくりと絢斗くんを見上げたら、彼は優しく微笑んでいた。

胸の鼓動が高鳴って、結局私の頬は熱いまま。

「向こうの方、行ってみるか？」

「うん、行こう」

手をつないで歩きだし、ふたりでイルミネーションを眺める。

キラキラとした世界の中に絢斗くんと一緒にいるみたいで、ときめく想いが胸いっぱいに広がった。

「絢斗くんはどれが一番綺麗だと思った？　私は、ハート！」

「俺は星かな」

「やっぱり私、全部！」

はしゃぐ私を、絢斗くんはふっと笑った。

話しながらひととおりイルミネーションを見たあと、公園の噴水《ふんすい》近くにあるベンチに腰をおろした。

そうだプレゼント、今渡そう。

ドキドキしながら鞄を開けてプレゼントを取り出し、絢斗くんへ渡す。

「あの、これ……」

絢斗くんは、なに?という顔をしていた。

「クリスマスプレゼント……」

なんだか落ち着かなくて、絢斗くんから視線をそらしてしまった。

「マジで……ありがとう」

絢斗くんは袋を受け取ってくれた。

「うん、あの、開けてみて!」

「わかった」

大丈夫かな?

気に入ってもらえなかったらどうしよう。

でも、反応を見たいという気持ちもあって、私はそわそわしながら絢斗くんを見ていた。

絢斗くんが手袋を取り出した瞬間、緊張が一気に押し寄せてきて……。

どうかなと、彼の様子を気にしていた。

「嬉しい。手袋欲しいと思ってたんだ」

絢斗くんが笑顔でそう言ってくれたので、安心して体の力が抜けたのと同時に、胸がほわほわと温かいものに包まれた。

喜んでもらえて私も嬉しい。

「バイトにも着けていく。歩いてる時、寒いなって思ってたから」

「うん！」

よかった、手袋にして正解だった。

「マフラーの色とそろえたの」

「ありがとう。大切にする」

優しく頬を染める絢斗くんの顔を見て、胸がくすぐったくなった。

ときめく想いでいっぱいで、噴水に目を向けた私は、ニヤニヤしてしまいそうな口もとを必死で結んでいた。

「菜々花」

絢斗くんが静かな声で私を呼んだので、気持ちを落ち着かせるよう自分に言い聞かせ、「なに？」と顔を向けた。

「あっち向いて」

「え？」

「いいから」

「ええっ、なに⁉」

どうしたのかと思いながらも、言われたとおりに私は絢斗くんに背中を向けるように体を動かした。

すると、首筋のあたりをごそごそとされる。

「ひゃっ⁉」

「悪い、こういうの着け慣れてねーし。ていうか髪が……」

「えっ⁉　待っ、なんか、くすぐったい！」

「あー、動くな。ほら……できた」

絢斗くんが私の髪をふわりと触った。

あれ……？

首もとにあるひんやりとした感覚に気づき、触って確認してみると、それはネックレスだった。

「高いのとかじゃねえんだけど。まあ、菜々花に合うかなと思って」

「え……あ……」

「それ、俺からのクリスマスプレゼント」

よく見ると、シルバーのハートの枠《わく》にピンク色の石が埋《う》まっている。

私は驚いて、それを見つめたまま固まってしまった。

アクセサリーを男の子からもらえる日がくるなんて。

「菜々花？」

呼ばれてはっとして、私は顔を上げる。

「絢斗くんっ、嬉しい、ありがとう。大切にするからね……！」

そう言って振り向いた時。

抱き寄せられて、唇と唇がくっついた。

嬉しさと、甘い温かさでくらくらして、そっと目を閉じる。

体の芯《しん》まで熱くなるようなキスに夢中になってしまった。

「……キスしたいってさっきから思ってた」

唇が離れたあと、そうささやかれて、私は焦《こ》がれるように絢斗くんを見つめた。

好きっていう気持ちと、温かな想いとで、なんだかもう胸がいっぱいで。

目もとも潤んでしまい、絢斗くんが困ったような顔をして私の頬をなでた。

「どうした？」

「うん、絢斗くん、好き……ありがとう」

泣きそうな声でそう言った私を、絢斗くんは優しく笑って抱きしめた。

「俺も菜々花が好きだ」

耳もとで響いたその言葉に、私の胸の鼓動はいちだんと速くなる。

大好きな絢斗くんとのクリスマス。

もらった素敵なプレゼント。

幸せだなって思って、絢斗くんの背中に回した腕に力を入れ、しばらくぬくもりを感じていた。

「またイルミネーション見にきたいな」

「来年な」

「……うんっ、来年！」

大好きな絢斗くんと、また来年も一緒にクリスマスを過ごしたい。

温かくて、幸せなクリスマスを――。

桜の花びら

冬の寒さが少しずつやわらいで、そろそろ春の出番だというように暖かな日差しが届きはじめている。

それでも、朝晩はまだ冷えるから登校の時の防寒《ぼうかん》は必要だ。

三月を迎えて、一年生でいられるのもあと数十日。

一年経つのが早いな、と思いながら廊下を歩いていると、うしろから「おはよう!」と沙耶が声をかけてきた。

「おはよう。あれ、沙耶、髪切った?」

「わっ、気づいてくれた、嬉しい! 三センチくらい切って、トリートメントもしてもらったの。だけど、さっき昇降口で敦瑠に会った時、全然気づいてくれなかったんだよ。もう本当に一生彼女とかできないよ、敦瑠は!」

「男の子はなかなか気づかないいんじゃないかな」

「そういうのがダメなの!」

頬を膨らませる沙耶をなだめたあと、私は自分の髪を触った。

そういえば、最近髪が伸びてボリュームも出てきた気がする。

「私も髪切ろうかな」

「いいね。思いきってショートなんてどう？　菜々花、似合うと思うよ」

「そうかな……？　中学の時に一度だけ短くしたことがあるけど、長めのほうが合う気がして、それからはずっと今の長さを保っているんだよね」

スタイルを変えたい気持ちもあるけれど、いざ変えるとなると『このままの方がいいかな』と思ってしまう。

絢斗くんは、どんな髪型の女の子が好きなのかな？

「悩むのなら、梶本くんにどんな髪型の女の子が好きか、聞いてみれば？」

今まさに、絢斗くんは……と考えていたところだったので、沙耶の言葉にカアッと顔が熱くなる。

「そ、そういう話をするの恥ずかしいよ」

「でも、好きな人の理想に近づきたいなって思うじゃん？」

「……思う」

絢斗くんが〝かわいい〟と思ってくれるような女の子になりたい。

「髪型のこと、聞いてみようかな」

「うん、聞いてみなよ。そうだ、今日のお昼ご飯みんなで食べようよ。私、敦瑠に連絡しておくから」

「いいね、私も絢斗くんに言ってみる！」

教室に着いて自分の席に鞄をおろした私は、ブレザーのポケットからスマホを取り出して、絢斗くんにメッセージを送った。


四時間目が終わってお昼休みになると、沙耶が私の席にお弁当を持ってやってきた。

朝話していたとおり、お昼ご飯を絢斗くんたちと食べることになって、集まる場所は私たちの教室になった。

お昼を食べる場所は自由だから、別のクラスで食べたり、踊り場や中庭で過ごしたりする人は結構いる。

他のクラスの子と交流しているのは、とくに珍しいことじゃないんだけど……。

以前、絢斗くんとふたりだけでお昼ご飯を食べていた時、じろじろ見られることがあって、変に周りを気にしてしまって。

そうしたら沙耶が『みんなで一緒なら平気じゃない？』と提案してくれたことから、たまにこうして四人で食べるようになった。

四人だと、自然と絢斗くんのそばにいられるし、みんなで話すのが楽しい。

絢斗くんと敦瑠くんは購買に寄ってからここに来るので、私の席を中心に近くの椅子をふたつ借りておく。

沙耶はいつも私の机にお弁当を置いて、前の席から椅子を借りているから、今日もそうして座った。

しばらく沙耶と話してふたりを待っていると、購買の袋とジュースを持って絢斗くんと敦瑠くんがやってきた。

「悪い、待たせた。これ、レモンティーでよかった？」

「わぁ、ありがとう！」

絢斗くんは私の飲み物も買ってくれて、机の上に置いてくれた。敦瑠くんも、沙耶にオレンジジュースを渡している。

ふたりはそばに用意した椅子に座って、机の上に買ってきたものを適当に置いた。

「購買の焼きそばパン、今日はゲットできたんだ！」

敦瑠くんは焼きそばパンを取り出して、嬉しそうにそう話した。

「絢斗くんはなにを買ったの？」

「俺はコロッケパン」

「そうなんだ。私も明日はパンにしようかな」

普段、私はお弁当だけど、たまに購買のパンも食べたくなるので、そういう気分の時は翌日のお弁当をお母さんに言ってお休みしてもらう。

明日、コロッケパン買おうかな。

そんなことを思いながらお弁当のフタを開けようとした時、目の前にすっとコロッケパンが差し出された。

「ひと口あげようか」

「え……?」

優しく言葉をかけてきた絢斗くんに、ドキッとする。

絢斗くんは私に向かってしっかりパンを差し出しているから、これで口を開けたら食べさせてもらうような感じになっちゃうし……!

ドキドキしながら固まっていたら、じっとこちらを見ている沙耶と敦瑠くんに気づいて、顔が一気に熱くなった。

「私たちのことは気にしなくていいよ」

「そう言われても、き、気になっちゃうから!」

遠慮なくどうぞ、という感じの沙耶に私は首を振りながら箸を取り、「いただきます!」と言ってお弁当を食べはじめた。

そんな私を見て、絢斗くんは楽しそうに笑っている。

もうっ、恥ずかしい。

だけど仲のいい友達や、好きな人にからかわれたりするのは、なぜか嫌な気分にはならない。

信頼《しんらい》しているからかな？

「そういえば沙耶、なんか今日髪がいつもと違うな？」

敦瑠くんがパンを食べながら、沙耶の髪を見て言った。

「髪切ったの。朝も会ってるのに気づくの遅いから！　そうだ、菜々花も美容院行くんでしょう？」

うまく私に話を振った沙耶に〝この流れで聞いちゃえ〟という視線を向けられて、一瞬肩に力が入った。

「髪切るの？」

「あ、うん。切ろうかなって思っているんだけど……」

問いかける絢斗くんを、私はじっと見つめる。

彼は『どうした？』と言いたげに首をかしげた。

「絢斗くんはどんな髪型の女の子が好き？　髪、短くしようか悩んでるから参考にしたくて！」

「髪型？　俺はべつに……」

「長いのがいいとか、短めが好きとか、絢斗くんの好みが知りたい！」

「あー……」

考えるように視線を宙《ちゅう》に向けたあと、絢斗くんはちらっと私を見た。

「俺、菜々花だったらなんでも好き」

そう言った絢斗くんはすぐに目をそらして、コロッケパンを口に入れた。

聞いたまま固まっている私は、どんどん頬が熱くなっていく。

まさか、そんなふうに言ってもらえるとは思わなくて、嬉しい気持ちと同時に照れてしまって言葉が出ない。

そんな私たちの様子に沙耶と敦瑠くんは「うん、そうだよね」と納得していた。

絢斗くんの答えは最初からわかっていた、というようなふたりの雰囲気に、私はますます照れてしまう。

「……あ、ありがとう」

今は恥ずかしくてこれしか言えないけれど、あとでふたりきりになった時に、嬉しい気持ちをいっぱい伝えようと思った。

「つうか、もうすぐ三学期も終わるな。一年あっという間だった。四月になったら俺たち二年生かぁ」

私たちのやりとりを見届けた敦瑠くんがそう言うと、沙耶がわざとらしく驚いた顔をする。

「え？　敦瑠、二年になれるの？」

「あのなぁ、俺こう見えて赤点ひとつもないから！」

照れていたのが少しずつ落ち着いた私は、いつもの楽しい沙耶と敦瑠くんのやり取りに笑みをこぼす。

「修了式のあとってなにもないよな？　学校半日で終わるなら、みんなでメシ食いにいこうぜ」

パンを食べ終えた敦瑠くんの話に私たちは「そうだね、行こうか」と同意する。

一年間使った教室を離れるのはさみしい。

でも、クラス替えや新しい担任の先生、いろいろな変化のある四月がやってくることが、ちょっと不安もあるけどすごく楽しみ。

そんなことを感じながら絢斗くんに目を向けると、私の視線に気づいた彼が優しく微笑む。

それを見て心が温かくなった私も、笑顔を見せた。

修了式の日。

体育館での式が終わったあと、絢斗くんと敦瑠くん、沙耶と私でお昼ご飯をファミレスで食べた。

数時間みんなで話して、三時頃になると敦瑠くんが『俺、このあと地元の友達と会うことになってってさ』と言い出し、沙耶も用事があるらしく、同じ方向のふたりは一緒に帰ってしまった。

たぶん、クリスマスのイルミネーションを見にいった時のように、気をきかしてくれたような感じがする。

「絢斗くんが敦瑠くんと仲よくなったきっかけってなに？」

「たしか……明るくていいヤツだなって最初に思って、それからよく一緒にいるようになったかな」

「そうなんだね。私も、沙耶の第一印象は明るい子だなって思って、話しているうちに一緒にいるのが楽しくなったんだ」

入学した頃がなつかしい。

新しい友達と仲よくできるかな、授業ついていけるかなって毎日心配していた記憶《きおく》がある。

「敦瑠くんが前に言ってたんだけど、うちの学校って絢斗くんと同じ中学出身の人少ないんだよね？」

「ああ。少ないな」

そういえば、絢斗くんは送ってくれるから私の家を知っているけれど、私は彼の家を知らない。

バイトしているラーメン屋さんに行った時に、最寄り駅では降りたけど……。

「高校を選ぶ時、家の近くの学校にしようと思っていたけど、電車通学がしたかったんだ。入学当初は朝が早くて、失敗したなって思ってた。でも今は、この学校にしてよかったって思う。菜々花に出会えたから」

絢斗くんの言葉に、胸の奥から温かな気持ちがあふれだす。

「私も、今の学校に入学してよかった。絢斗くんがいたから」

そう言った私に、絢斗くんはやわらかな笑みを浮かべた。

ちょうど駅へたどりついて、改札を通る。

いつも乗る電車がやってくるホームに降りた時、私は絢斗くんの手をそっとつかんだ。

「あ、あのね、いつも絢斗くんが送ってくれるでしょう？　今日は、私が絢斗くんのこと送りたい！」

「え？」

「いつも私の駅で降りてもらっているから、今日は絢斗くんの駅で……」

そこまで言ったけれど〝送りたい〟ってちょっと変ではないかと思いはじめて、言葉を止める。

女の子が男の子を家まで送るなんて、あまり聞かないよね……？

絢斗くんも、急にどうした?という顔をしている気がする。

でも、絢斗くんの駅で降りることってほとんどないから、いつも家までどんな道を通っているんだろうとか、いろいろ知りたいと思って……。

変かな?

この気持ち、どういうふうに伝えればいいんだろう。

自分の発言も恥ずかしくて、うつむきながらさっと絢斗くんに背を向ける。

だけど、すぐに顔を覗くように見られてしまった。

「なんだよ、菜々花」

「ご、ごめん、なんでもない！　今言ったことは忘れてっ」

「どうして。こっち向けよ」

いたたまれない気持ちでいっぱいなのに。

こっち向けって言われてしまったから、ゆっくりと顔を上げる。

そうしたら、絢斗くんは少し驚いたような顔をしたあと、ふっと笑った。

「なんで真っ赤な顔して泣きそうになってんの?」

「だ、だって、絢斗くんのこと家まで送りたいって、変なこと言っちゃったなって恥ずかしくなって……」

「俺は嬉しいよ」

「……え？」

聞き返した私に、絢斗くんは口もとをほころばせる。

「だけど、菜々花が俺のことを家まで送ってくれたら、そのままもう帰したくなくなりそうだけどな」

いたずらっぽい表情の絢斗くんに、胸の鼓動が一気に騒がしくなる。

すぐに頬も熱くなってきて、絢斗くんはそんな私をじっと見つめたあと、視線を外した。

「……今度、俺の家来る？　今日はダメだ。連れて帰りたくても部屋が片づいてない。だから春休み、親が仕事でいない日とか……家来いよ」

なんだかすごくドキドキしちゃうのは、絢斗くんがどこか照れているような気がするから。

「……行っていいの？」

「来てほしい。いつ誘おうか考えてたし」

「そ、そっか！　あのね、絢斗くんは私の家知ってるけど、私は絢斗くんの家知らないなって思ったの。でも行ってみたいとか、そういうことを言うのは図々《ずうずう》しいかなって……」

「だからさっき、俺のことを家まで送りたいって言ったのか？」

再び私に視線を戻した絢斗くんは、もう照れている感じではない。

「う、うん。だって……なんて言えばいいのかわからなかったの」

火照った顔を隠そうにも、手で押さえることしかできなくて、そんな私を絢斗くんはじっと見つめてくる。

「……か、からかってる？」

「そんなわけないだろ。かわいいから見てんだよ」

そう言って笑った絢斗くんは、私の頭にぽんっと手を置いた。

「今日も菜々花を家まで送らせて」

優しい声に、ときめく想いがあふれた。

胸の高鳴りはしばらく収まらなくて。

すごく幸せだなって感じていた。


翌日から春休みに入って、絢斗くんの家ってどんな感じだろう……と想像して毎日ドキドキしていた。

絢斗くんは学校がないぶんバイトを多く入れているらしく、シフトを聞いた限り、かなり忙しそう。

『家来いよ』って言ってくれたけど、忘れてないかな？

そう思っていたら、『水曜バイトないから、家来る?』とメッセージが届いた。

楽しみにしていた私は『うん、行く』と返事をして、当日まで落ち着かない日々を過ごしていた。

そういえば私、初めて男の子の家に行く。

どうしよう、いつも友達の家に行くような感じでいいのかな?

楽しみにしているのに、どうしたらいいのか不安だ。

とりあえず、お菓子を買っていこう。

いつもどおりが一番いいよね……!


そして当日。

住所を教えてもらったけれど、慣れていない土地なので、絢斗くんの家の最寄り駅前にあるコンビニに、迎えにきてもらうことになった。

午後二時の待ち合わせで、その前によく行く洋菓子店でアップルパイを買うために余裕をもって家を出たら、コンビニに着いたのは待ち合わせ時間の二十分前だった。

もちろん、絢斗くんはまだいない。

緊張していたせいもあって、家を出るのが早すぎた。

絢斗くんに連絡しようかと思ったけれど、慌てさせてしまったら悪い気がする。

二十分くらいなら待っていられると思い、私はコンビニの前に立って彼が来るのを待っていた。

数分経った時、「菜々花」と呼ばれたので振り向くと、そこにはパーカーのフードをかぶった男の子が。

「待ち合わせ二時だったのに、早かったな」

「……絢斗くん？」

フードをかぶった姿は見慣れていなかったので、一瞬誰かと思ってしまった。

制服姿の方が多く見ているし、私服でもフードをかぶっているようなことはなかったから。

「あっ、ごめん！　アップルパイ買ってから向かおうと思って、余裕もって家を出たら早く着いちゃったんだ。絢斗くんも、まだ十五分前なのに早いね」

「菜々花のこと、待ちきれなかった」

微笑みながらそう言った絢斗くんに、嬉しくなって頬を染める。

「じゃ、行こうか」

「うん」

歩きだした絢斗くんに、私はついていった。

「絢斗くんの家は駅からどれくらいなの？」

「十分ちょっとくらい」

「そうなんだ。あっ、向こうの方角だよね、バイトしているラーメン屋さんがあるの」

「また食べにいきたいな」

「……ああ、そうだったな」

私は、少し前を歩く彼を見つめる。

あれ、絢斗くん、今日はなんだか歩くのが速い……？

「ここの駅の近くにも公園あるんだね」

「寄ってく？　桜咲いてるから綺麗だし」

「うん、見たい」

私の最寄り駅の近くにある公園よりも、この公園の方が広いと思う。

ベンチの近くに桜の木が数本あって、春風に揺れるとひらひらと花びらを落とす。

春休みの午後ということもあり、芝生では子どもたちがサッカーをして遊んでいた。

「綺麗だな」

足を止めて桜を見上げながらそう言った彼の横顔は、フードでよく見えない。

「そうだね。いつもの公園も桜が咲いてるよ」

絢斗くんはどんな表情で桜を見ているのか気になっていたら、サッカーボールが私たちのところへ転がってきた。

芝生の方から「すみませーん！」と子どもの声がする。

気づいた絢斗くんが、サッカーボールを子どもたちに向かって蹴《け》った。

「ありがとうございまーす！」とお礼を言う子どもたちに、彼は微笑んで手を振る。

「そういえば、中学の時サッカー部だったって言ってたよね？」

付き合いはじめた頃、メッセージでの会話で絢斗くんが教えてくれたのを思い出してそう言うと、彼は小さくうなずいて歩きだした。

「どうして高校では続けなかったの？」

「あー……なんでだろうな。学校が遠いから、とか？」

なぜか他人ごとのように答える絢斗くんを不思議に思っていたら、彼が私に顔を向けた。

「菜々花は、俺のどこが好きなの？」

「……えっ⁉」

突然聞かれたから、驚いた声を出してしまった。

恥ずかしくてなかなか言葉にできないでいる私を、絢斗くんはじっと見つめてくる。

だから、ちゃんと思っていることを言おう。

「優しいところ、だよ。絢斗くんがいつも私のことを考えてくれているのが伝わってくる。他の男子に、からかうように見られていた時も守ってくれた。……すごくかっこいいよ、性格も全部」

話している途中から、頬が熱くなっていた。

あらためて伝えると、もう恥ずかしくて顔を隠したいくらい。

「……うらやましいな」

絢斗くんがぼそっと声を出した時、風がぶわっと吹いて彼がかぶっていたフードが外れた。

「あれ……？」

フードから出てきた絢斗くんの髪が、いつもより少し短くて茶色だ。

それに、完全に隠れていた耳もとにはピアスが輝いている。

私が知っている絢斗くんの雰囲気じゃない。この人は……。

「蒼斗くん⁉」

「あ、意外と早くバレた」

いたずらっぽく笑ってそう言った蒼斗くんに、私は唖然としてしまう。

ずっとフードをかぶっていて、表情がよく見えなかったから気づかなかった。

それに、二時に待ち合わせていることを知っていたから。

「な、なんで……」

「今日、菜々花ちゃんが来るから外出てって絢斗に言われたんだ。二時頃待ち合わせていて迎えにいくって聞いていたけど、駅に向かってたら菜々花ちゃんがコンビニにいたから。絢斗のふりして声をかけてみようと思ったんだ。前からこういうのやってみたかったし」

楽しそうに話す蒼斗くんに対して、ついてきてしまった私はショックで落ち込む。

なんだか、ちょっとおかしいなとは思っていた。

いつもよりも歩くのが速いなと思ったし、さっき部活の話をした時も、自分の話をしているように感じなかったから。

だけど、蒼斗くんが絢斗くんのふりしているなんて思わなかったよ……。

「ごめん、そんなに暗い顔しないで。待ち合わせの時間までのヒマつぶし程度にはなっただろ?」

「……もう、こんなこと絶対しないでね」

「わ、わかった。だからそんな、落ち込まないでくれよ」

公園の出入り口まで歩いている間、蒼斗くんは焦ったように私の様子を気にしていた。

蒼斗くんは、私が『びっくりした!』と、明るく笑ってくれると思ったらしい。

先ほどまではおもしろがっていた蒼斗くんだったけど、今は悪いことをしてしまったという表情でこちらを見ている。

許してあげようかな、と思った時。

「……菜々花？」

公園の出入り口から歩道に入ると、絢斗くんが前方から歩いてきていた。

「なんで蒼斗と一緒に……まさか蒼斗お前、俺のふりしたのか？」

「うん、フードかぶって」

「お前なぁ……」

「だって菜々花ちゃん、待ち合わせ時間よりも早くコンビニにいたんだぞ。昼間だからってな、かわいい子が駅前のコンビニにいて、もしも男に声をかけられたらどうするんだよ！　俺は菜々花ちゃんが心配だったんだ」

だからそんなに怒るなよ、と言いたいのであろう蒼斗くんに、絢斗くんは険しい表情をしながらも、なぜか強くは言い返さない。

そうなることをわかっていたかのように、蒼斗くんは口もとをゆるめる。

「……だからって、俺のふりとかするなよ」

「それはもう、菜々花ちゃんと約束した」

蒼斗くんが私を見て微笑んだ。

「さっきのどこが好きかって話、結構ぐっときた。俺もあんなふうに言ってくれる彼女探す」

そう言ったあと、蒼斗くんは私に手を振り、駅へと歩いていった。

残された絢斗くんと私は、少しの間黙ってしまう。

気まずくて、どうしたらいいのかわからなかった。

だって、絢斗くんとまちがえて蒼斗くんについていってしまったなんて、絶対嫌な気持ちになっているよね？

彼がどう思うかわからないけれど、ちゃんと謝ろう。

「ご、ごめんなさい、絢斗くん。コンビニで声をかけられた時、待ち合わせ時間も知っていたし、フードをかぶっていたから蒼斗くんだと気づかなくて……」

「いや、謝らなくていい。悪いのは蒼斗だから。俺とあいつ声似てるし、気づかないのは仕方がない」

絢斗くんは私に近寄って、優しく頭をなでてくれた。

「まったく。前に蒼斗が『入れ替わってみない？』って、ふざけたことを言っていたんだ。だから警戒《けいかい》して、菜々花が来るから外出ろって言ったんだけど……まさかコンビニで声をかけるなんて」

「私が、早く来ちゃったから……」

「今度から、早く着くようなことがあったら電話して」

「うん、わかった」

気まずさから解放されて、ほっとした私は体の力が抜けた。

すると、絢斗くんが私の顔を覗くように見てくる。

「蒼斗と公園から出てきたよな。なにしてたの？」

「えっ、あ……桜を見たんだよ。それだけ」

笑って答えると、絢斗くんは私の手をつかんで公園に向かった。

「絢斗くん？」

「俺も、菜々花と一緒に桜見たい」

歩きながら振り向いた彼はムッとしているように見えて、だけどそれは不機嫌というものではなく、どこか子どもっぽくてかわいらしく感じた。

「私も、絢斗くんと桜見たい」

はにかんだ私に、彼も笑った。

再び公園に入って桜の木のそばまで行くと、私たちはしばらく立ち止まって桜を眺める。

「綺麗だね」

そう言いながら隣の絢斗くんに目を向けると、桜を見つめている彼はとても優しい表情をしていた。

それが嬉しくて、心が温かくなる。

「そうだ、写真撮ろう！」

思いついた私はスマホを鞄から取り出した。

そして、インカメラに設定して左手に持ちながら絢斗くんにくっつく。

「準備はいいですか」

「いいよ」

「はい……！」

シャッター音が鳴って画面を確認すると、口もとをゆるめてピースをする絢斗くんと、満面の笑みの私が写っていた。

「やった、思い出！」

「あとで俺にも送って」

ふたりで写真を確認したあと、しばらく桜を眺めてから絢斗くんの家へ向かった。


ついさっきまで公園で桜を見ながら笑っていた私なのに、住宅街に入って『もうすぐ着く』と絢斗くんに言われてから、緊張して顔がこわばっていた。

だって好きな人の家なんだもん。

蒼斗くんのことで少し忘れていたけれど。

「ここ、俺の家」

はっとして顔を上げると、絢斗くんが一軒の家の前で立ち止まっていた。

シンプルな外装で、入り口のそばにはプランターに植えられた花がある。

「お、お邪魔します……」

玄関《げんかん》のドアを開けた絢斗くんに入るよう促されて、私はゆっくりと中へ入った。

「俺の部屋、二階の一番奥だから。入って適当に座ってて。俺飲み物取ってくる」

「わ、わかった。そうだ、これ！　アップルパイ買ってきたの。私、このお店のアップルパイがおいしくて大好きで……」

「ありがとう。食べるの楽しみだな」

笑みを浮かべた絢斗くんはアップルパイを受け取って、リビングの方へ向かった。

私は靴をそろえて、正面にある階段を上っていく。

二階の一番奥って言っていたよね。

部屋にたどりついた私は、ドキドキしながらドアを開けた。

黒を基調とした部屋の中。

ソファとガラステーブルとテレビ、奥にはベッドがある。

私の部屋より綺麗だし、広い……！

漫画や雑誌、ゲーム機も綺麗に整頓《せいとん》されていた。

座って待っててと言われたけれど、男の子の部屋ってこういう感じなんだって、キョロキョロと見回してしまう。

「飲み物、レモンティーあるぞ」

ドアが開いて絢斗くんがやってきて、ドキッとした私は肩を揺らしてしまった。

「どうした？」

「い、いや、突然入ってきたからびっくりして！」

「俺の部屋なのに、ノックして失礼しますなんて言うわけないだろ」

くすくす笑いながら飲み物のペットボトルをテーブルに置いた絢斗くんは再び一階に降りて、お皿にアップルパイを載《の》せて持ってきてくれた。

「わあ、ありがとう！」

「俺が早く食べたかったから」

いたずらっぽく微笑んだ彼に私も笑う。

「座っていいよ」と言われたので、敷いてあるラグの上に座ったら、ソファの上にあったクッションを絢斗くんが渡してくれた。

絢斗くんの部屋にふたりきり。

意識しないようにって思っていたけれど、やっぱりドキドキしてくる。

いただきます、とふたりでアップルパイを食べはじめて、どうかな、おいしいかな？と、絢斗くんを見ていると「おいしい」と言ってくれた。

「よかった！　これ、沙耶にも好評なの。この前沙耶の家に遊びにいった時も、持っていったんだ」

おいしいと言ってもらえて安心した。

話をしながらアップルパイを食べ終えて、持ってきてくれたレモンティーを飲んでいると、絢斗くんがテレビをつけた。

会話が途切れると静かになっちゃって、いつもどおりでいいんだって思ってもなにか話さなきゃと心の中で焦っていたから、ほっとする。

一緒に水族館や遊園地に行って、食事も何度もしていてふたりきりには慣れているはずなのに、部屋にいるっていうだけでどうしてこんなに意識しちゃうんだろう。

普段は絢斗くんだけの空間に、自分がいるからかな？

そう考えると、なんだかすごく特別な感じがする。

「そうだ、さっき蒼斗くんに聞いちゃったから、ちゃんと絢斗くん本人に聞きたいんだけど。絢斗くんはどうして高校でサッカー続けなかったの？」

「ああ……学校少し遠いから朝練無理だろうなって。地元のメンバーにフットサルやろうって誘われたから、これから始めるかも」

「そうなの？　絢斗くん、絶対上手だよね？　運動神経いいから」

「どうだろうな。でも、体動かすの好きだから、楽しみ」

微笑んでそう言った絢斗くんだけど、しばらく話していたらじっと私のことを見つめてきた。

どうしたんだろうと思っていると、彼はすっと視線をそらしてなにか言いづらそうに口を開く。

「……あのさ、蒼斗がぐっときたとか言ってた話ってなに？」

「え？」

眉尻をさげて、困ったような表情をする絢斗くん。

「どうしても気になる」

「あ……えっと、あれはね……」

思い出した私の頬が、じわじわと熱くなってくる。

あの時、私にとっては結構恥ずかしいことを言った。

でも伝えた相手は蒼斗くんだったんだよね。

蒼斗くんは、おもしろがって聞いてきたのかな。

「菜々花？」

「えっ⁉　あ、ごめん」

考えて固まってしまっていた私に、絢斗くんは目を細める。

「俺には言えないことなのか」

「ち、違う！　そんな、隠すようなことじゃないよ」

「それなら言えよ」

むすっとしながら私を見ている絢斗くんから、逃れることはできないように感じた。

「うん、あのね……絢斗くんは、私が絢斗くんのどんなところが好きか、聞きたい？」

「え？　ああ、もちろん。聞きたいよ」

「そっか、わかった。それなら言うね。……優しくて、絢斗くんはいつも私のことを考えてくれてるよね。絢斗くんのクラスの男子に、からかうように見られていた時も守ってくれた。すごくかっこいいよ、性格も全部。大好き」

たしか、こういうことを言ったはず。

恥ずかしくて、私は絢斗くんから視線をそらしていた。

「……それが、蒼斗が言ってた話？」

「そうだよ。『俺のどこが好きなの？』って聞かれたの。だから私は、絢斗くんの好きなところを言ったんだよ」

あらためて二度も言うことになるなんて……。

「なに聞いてんだ、あいつ……」

少しだけ顔の火照りが収まってきたから、ゆっくりと視線を絢斗くんに移すと、彼は口もとを押さえていた。

「やばいだろ」

熱っぽい目が私に向けられて、ドキッとする。

ゆっくりと絢斗くんの腕が伸びてくると、綺麗な指が私の頬をなでた。

「……こっち来て」

なんだろう。

まるで誘われるみたいに、絢斗くんの声に従ってしまう。

ドキドキしながらラグの上を移動して絢斗くんのそばに行くと、再び彼は私の頬に触れて、そっと唇にキスをした。

「さっきの、嬉しい。それから、かわいい」

「……え？」

「思ったことを言っただけ」

すぐ近くで私を見つめる絢斗くんに、胸の鼓動がさらに速くなる。

絢斗くん本人に伝えることができて、よかったかもしれない。

だって、彼の嬉しそうな表情を見ることができたから。

「今私、すごく幸せな気分」

はにかむと、「俺も」と絢斗くんはささやくように言った。

「好きだよ、菜々花」

優しい声でそう言った絢斗くんの唇が、再び近づいてくる。

私は、絢斗くんの素敵なところをこれからもっと見つけると思う。

きっと、それはいっぱいになって、好きって気持ちがあふれちゃうんだろうな。

ぎゅっと抱きしめあったあと、ゆっくりと視線を合わせた私たちは、同時に微笑みを交わして、ふたりだけの時間を過ごした。


【END】

あとがき

初めまして、星咲りらです。

このたびは『大好きなきみと、初恋をもう一度。』を手に取ってくださり、ありがとうございます。書籍として皆様に読んでいただけることが、とてもうれしいです。


このお話は、高校生のピュアな恋を書きたい！と思って執筆した物語です。できあがったのは二〇一五年でした。今回、書籍化のための編集作業中に、当時はこんなふうに書いていたんだなあと、懐かしい気持ちになりました。

最近は大人の恋を書くことが多かったので、今回新しく加筆した番外編で久しぶりに高校生の恋する気持ちを書くことができて、すごく楽しかったです。

ヒロインの菜々花は、とてもまっすぐで一途な女の子。ヒーローとなる絢斗も不器用だけど純粋で、優しくてかっこいい男の子を目指しました。

絢斗は、菜々花の仕草に結構ドキドキしていて、『もしかして今、絢斗は照れているのかな？』と、感じてもらえたらいいなと思います。蒼斗とくらべると、絢斗は真面目に見えるような気がします。

ふたりの友達の沙耶と敦瑠は、とにかく元気なキャラにしたかったです。敦瑠と沙耶のやりとりは、テンポがよくてすらすらと書けました。

物語の切ない感情を表現するところでは、菜々花を励ましてくれる沙耶に私自身も励まされ、『ありがとう』という気持ちになりました。

辛い時に話を聞いてそばにいてくれる友達には、本当に救われると思います。

菜々花の気持ちになって切なくなったり、本当のことがわかってもう一度ふたりが想いを伝え合うときは、よかったね、とほっとしたり。

一生懸命なふたりの恋を見守って、応援していただけたら幸いです。


最後になりましたが、担当様方には大変お世話になりました。

作品の世界を魅力的に描いてくださったイラストレーター様をはじめ、この作品に関わってくださったすべての方々に、お礼申し上げます。

そして、このお話を見つけてくださった皆様にも心から感謝いたします。

二〇一九年五月二十五日　星咲りら

作・星咲りら（ほしざき　りら）

2016年にスターツ出版マカロン文庫より作家デビュー。同年、マカロン文庫大賞で優秀賞を受賞。『腹黒司書の甘い誘惑』、『クールな部長とときめき社内恋愛』（ともにマカロン文庫）など、電子書籍が多数発売中。好きな食べ物はグミとゼリーで、執筆中もよく食べる。春のぽかぽかした陽気が好き。小説サイト「ベリーズカフェ」「野いちご」で作品を公開中。

絵・花芽宮るる（かがみや　るる）

3月生まれのおひつじ座。青森県出身、神奈川県在住。恋をしている女の子を描くのが好きなイラストレーター。趣味は夫とのカフェ巡り。書籍の装画や漫画の寄稿などで人気を博す。単行本『昨日よりずっと、今日よりもっと、明日のきみを好きになる。』発売中。

星咲りら先生への
ファンレター宛先

〒104-0031　東京都中央区京橋1-3-1　八重洲口大栄ビル7F
スターツ出版（株）　書籍編集部気付　星咲りら先生

この物語はフィクションです。
実在の人物、団体等とは一切関係がありません。

大好きなきみと、初恋をもう一度。

2019年5月25日　初版第1刷発行

著　者　星咲りら　©Rira Hoshizaki 2019

発行人　松島滋
イラスト　花芽宮るる
デザイン　齋藤知恵子
DTP　久保田祐子
編集　若海瞳
編集協力　ミケハラ編集室
発行所　スターツ出版株式会社
〒104-0031
東京都中央区京橋1-3-1 八重洲口大栄ビル7F
出版マーケティンググループTEL 03-6202-0386
（ご注文等に関するお問い合わせ）
https://starts-pub.jp/

印刷所　共同印刷株式会社
Printed in Japan

ISBN 978-4-8137-0687-8 C0193

恋するキミのそばに。

♥野いちご文庫人気の既刊！♥

『お前が好きって、わかってる？』

柊《ひいらぎ》さえり・著

洋菓子店の娘・陽鞠は、両親を亡くしたショックで、高校生になった今もケーキの味がわからないまま。だけど、そんな陽鞠を元気づけるため、幼なじみで和菓子店の息子・十夜はケーキを作り続けてくれ…。十夜との甘くて切ない初恋の行方は!?

『一生に一度の恋』小説コンテストの優秀賞作品！

ISBN978-4-8137-0667-0　定価：本体600円＋税

『放課後、キミとふたりきり。』

夏木《なつき》エル・著

明日、矢野くんが転校する――。千奈は絵を描くのが好きな内気な女の子。コワモテだけど自分の意見をはっきり伝える矢野くんにひそかな憧れを抱いている。その彼が転校してしまうと知った千奈とクラスメイトは、お別れパーティーを計画するけど……。不器用なふたりが紡ぎだす胸キュンストーリー。

ISBN978-4-8137-0668-7　定価：本体590円＋税

『あの時からずっと、君は俺の好きな人。』

湊《みなと》 祥《しょう》・著

高校生の藍は、6年前の新幹線事故で両親を亡くしてから何事にも無気力になっていたが、ある日、水泳大会の係をクラスの人気者・蒼太と一緒にやることになる。常に明るく何事にも前向きに取り組む蒼太に惹かれ、変わっていく藍。だけど蒼太には悲しく切なく、そして優しい秘密があって――？

ISBN978-4-8137-0649-6　定価：本体590円＋税

『それでもキミが好きなんだ』

SEA《シー》・著

夏葵は中3の夏、両想いだった咲都と想いを伝え合うことなく東京へと引っ越す。ところが、咲都を忘れられず、イジメにも遭っていた夏葵は、3年後に咲都の住む街へ戻る。以前と変わらず接してくれる咲都に心を開けない夏葵。夏葵の心の闇を聞き出せない咲都…。両想いなのにすれ違う2人の恋の結末は!?

ISBN978-4-8137-0632-8　定価：本体600円＋税

書店店頭にご希望の本がない場合は、書店にてご注文いただけます。